ダンジョン農家！

~モンスターと始めるハッピーライフ~

Dungeon Nouka!

ぐう鱈

illustration●しゅがお

JN165268

「僕はおいもさんがだいすきです！」

土のついた笑顔で語る少年は、幼い頃からずっと農業を夢見ていた。
だがある日、少年は3つ年上の幼馴染みに連れ出され冒険者を始めることになる。
兄のように慕っていたリーダーは少年に気を遣い、
姉のように慕っていた少女は少年の献身を褒めてくれた。

その少年が、ある日、ダンジョンの中で……

可愛くて農業が大好きで大好きで大好きな少年が、ダンジョン作物で革命を起こす！
これはそんな少年と仲間たちの偉大な記録である。

1話「ダンジョン農家始めました」

「がぅ」

巨大な豹のモンスターが、小柄な少年の背中をそっと突く。

「アームさん、今日の分はまだだよ」

種を植えながら、よっこらしょと腰を上げた少年は笑顔で答える。

「がぅ……」

その答えにあからさまにがっかりしたのか、項垂《うなだ》れる全長3mはあろう巨大な豹。

アームさんと呼ばれた巨大な豹は、その姿だけ見れば可愛い動物である。

だが如何せん3mである。凛とした佇まいを取ると歴戦の勇者も震えあがる迫力があり、その紅く美しい毛並みは王者の貫禄が如く艶やかに輝いている。

「……もう、さっき作業始めたばかりだから収穫するはずないじゃん……」

少年があきれながらに言うと、アームさんは顔を上げ潤んだ瞳で少年を見つめる。

「う……その瞳は反則だよ……しょうがないなぁ……」

よっこらせっと、そういう掛け声で移動し始めた少年の後を「がうがうがー♪」と、少年が作業中に歌っていた鼻歌と同じものをアームさんも歌いながら上機嫌でついて行く。

「お、さすがダンジョン。育成速度凄いなぁ。これ、もういい感じだな」

熟したトウモロコシを1本もぐ、そして素早く皮をはぎ、ヒゲを取ると金色に輝く実がアームさんの目に映る。

「がうが～！」

アームさんの眼もキラキラに輝き、よだれが垂れる。

でも少年の許可がないのでかぶりつかない。

アームさんの眼は、戦闘時には視線だけで人に死を連想させるほど鋭いのだが、現在は潤んだ瞳でトウモロコシと少年を交互に見ている。

もう辛抱たまらない様子だ。

「はい、食べていいよ。回してあげるからゆっくり食べてね」

「がーうー♪」

そして行儀よく食べ始めるアームさん。

それを微笑ましく見つめる少年。

巨大な豹と人間の少年。そんな関係もありなのではないだろうか。

ただ、ここがダンジョンでなければの話。

ただ、その豹がモンスターでなければの話。

神々の想定外。

そんな2人が出会うためには数年、時を戻さなければならない。


――数年前、とある村――


「僕はおいもさんがだいすきです！」

土に汚れた笑顔で語る幼い少年アユム、彼は農業が大好きだった。

そして村の大人たちは、自分たちの仕事に憧れの眼差しを向けるアユムに、その笑顔を通して村の明るい将来を見ていた。

「ふんふーんふん♪」

教えられるまでもなく村人たちの間で受け継がれていた歌を口遊《くちずさ》むアユムは、村の大人たちの誰からも愛される子どもだった。

だが週に数日、アユムが畑に来ない日がある。

村人からは学業の日と呼ばれている日だ。

農民とはいえ文字の読み書き、簡単な計算ぐらいできなければ余分に税金を取られる。副業で作った民芸品を安く買いたたかれる。

その為、この村では子どもたちに週に数日、基本的な教養を覚えさせている。他の村ではできない豊かなこの村だからこそできる贅沢だと、大人たちは勿論、アユムたち子どもも自身も理解していた。

学業が終わると、その後自由時間になる。普段は朝日と共にお手伝いの生活だ。

これは1年中変わらない。

子どもも3歳位から親に手を引かれ畑にやってくる。6歳になれば慣れた手つきで農業に加わる。10歳ともなれば大人顔負けの仕事をするのが当然の世の中で、この村では学業が終わったら自由時間を与えていた。

その自由時間は、村の子どもたちにとっては夢の時間。学業に集中できない子どもまでいる。

だが、アユムは別だ。

農作業は基本昼過ぎには終わり、お昼寝をして家畜のお世話をしている時間だ。

両親は『週に数日一生懸命学べ。遊ぶことも大事だ』と言ってくれるが、アユムには理解できなかった。なので気付けばいつもの幼馴染に手を引かれ野を駆けていた。

「イット兄、リム姉、はやいよー」

正直言うと家業のお手伝いがしたいアユムは、『俺たちは冒険者だー』と木剣を手に笑うイットと、『私は聖女様よ』とほほ笑むリムに苦笑いでついてゆくしかなかった。

アユムはこの3歳年上の幼馴染には逆らえない。しょうがない、まだ10歳にもならない子どもなのだから。

いや、きっと一生こうなのだとアユムは納得して、それでいいかなと笑う。

アユムが笑顔になると、幼馴染も他の友達も笑顔になるので、きっとそれが正解なのだとアユムは思うようになった。


――1年前の夜、とある村――


「出してください……」

「本当にいいのか?」

「ええ」

ゆっくり進む馬車の上でアユムはそんな会話を聞いた。そっと目を開けると、眉を顰《ひそ》める中年冒険者とイット、そしてリムが映る。

「ふぁあ、イット兄。リム姉……これは……夢?」

寝ぼけたアユムの言葉に、顔面蒼白となる中年冒険者。

「な! お前『全員自分の意思だ』と言ったな。あと兄とか姉ってことはこいつ未成年か! お前、俺になんてことをさせやがった!」

「何を仰ってるのでしょうか? 俺たちは冒険者になりたいんです。その事実で間違いないのです。

冒険者登録すれば全てが俺たちの意思ということになります。全く問題ありません。大丈夫ですよ」

二度寝を始めたアユムは睨み合う2人の会話を聞いていなかった。

「冗談じゃねー！　おいラモン！　村に戻せ！」

「戻していいの？」

焦る中年冒険者に余裕の表情でリムが囁く。

「何が言いたい……」

「夜のうちにいなくなった冒険者と子どもたち。今頃村は大騒ぎ。そこに戻るのでしょうか？」

イットが身振りを交えて大げさに、だがはっきりと脅しとわかるように言うと、中年冒険者は少し間を置き、言葉を選んで返す。

「このままだと俺たちは誘拐犯だ。指名手配される前に馬鹿なガキの悪戯に乗せられたとして、小さな罰を受けるくらいなんともない！」

職業柄、声が大きい中年冒険者たちに「何時だと思ってるの……明日も朝から農作業なんだから寝させて……」と、目をこすりながら抗議の声を上げるアユム。

御者をしていたラモンは静かに馬車を止めつつ、『この坊主大物になるな』とこっそり素直な感想を口にした。

「誘拐犯にはなりませんよ。何故《なぜ》ならば全員分の書置きを残してきましたから。皆さんは安心して街まで私たちをお運びください。何の問題もありません。何処《どこ》の村でもよくあるお話、なのですから」

『何処の村でもよくあるお話』を強調するリムの言葉に、押し黙る中年冒険者。

この国では15歳で大人だ。国や領地を出ない限り自由である。そういう建前だった。

中年冒険者たちもそうして村を抜け、後日実家に頭を下げに戻った口なので、イットの申し出を無下にはできなかった。若かった頃の自分を重ねてしまって。

「それでも罰を受けに戻りますか？」

「……その坊主も冒険者志望なんだな？」

『そんな訳がない』。中年冒険者もわかっていたが聞いてしまった。

「ええ、勿論じゃないですか」

イットとリムの笑顔。そして安らかに眠るアユム。

「……出してくれ」


翌日、村では騒動が起こった。子どもが３人いなくなっていた。

冒険者になりに村を出て行ってしまったのだ。

書置きもあったが、その内１人は未成年だった。

残された書置きの文字は少年の文字ではなかった。

筆跡鑑定のないこの時代でもわかるほど違った。

そう、見覚えのある筆跡。村長の三女リムの筆跡だ。

村の面々は村長に詰め寄る。

村長もその事実を認識しながらも、コムエンドの冒険者組合から登録確認書類が届くと、なし崩し的にアユムの意思と断定して騒動を終わらせた。

己の家に泥を塗りたくない一心だった。

こうして村長が村人から不信を買いながらも、この一件はよくある『若者の暴走』として処理された。


――1日前、ダンジョン6層――


（やっぱりこうなった……）

心の中で嘆息をつきながらアユムは剣を抜き放つ。

そもそも実力不足なのだ。レベル平均10の6人パーティーでは6階層攻略は危険すぎる。

それは組合のダンジョンガイドにも明記されている。

では何故《なぜ》彼らはここにいるのか。

それは前日、宿の食堂でのリーダーの発言にある。

『先行投資だ！　次の目標を見ておくのも有意義だ！　そう、中層へ行こう！』

皆、【リーダーが慣れぬ酒に酔った挙句、いつもの思い付きで喋っている】と流してしまおうとしたが、ここで想定外の人間からの発言があった。

『素敵！　さすがイット！　先を見てるわね！』

何時《いっ》もは冷静に諫《いさ》めるサブリーダーのリムが、まさか与太話にのっかってしまった。

輝く金髪を短く切りそろえた16歳の青年イットは、輝くエメラルドの瞳でメンバーに熱く語りかけている。情熱的なだけで悪い人間ではない。

それにいつもはお淑《しと》やかなリムがイットを煽っている。

同席していたパーティーメンバーは、一斉にため息をつくしかなかった。

パーティーメンバーはまず戦士であるアユム（13）。

村を出るまでは快活なイメージを与える短髪であったが、その奇麗だった茶髪は今では肩にかかるほどに伸びている。戦うときだけ髪をくくる。普段は面倒くさいので下ろしている。その容姿は根暗で小心者のイメージを与える。実際にパーティー内ではそのような扱いだ。

その横にリーダーでありアユムと同じ戦士のイット（16）。

イットの隣に赤髪で【冒険者やっている割に】奇麗な長髪、おっとりとした美人顔に情熱的な赤目。一般的に希少とされる回復魔法の使い手のリム（16）。

リムの隣で興味なさげにご飯をほおばるのは、16歳なのに何時もアユムと同じ13歳に見られ、その時だけ感情をあらわにする少女。この地方では珍しい黒髪黒目の攻撃魔法使いタナス（16）。

そんなタナスが気になるのかいつも横目でチラチラと窺う、茶髪に切れ長な茶色の瞳が特徴的な魔法剣士サム（16）。

最後にアユムの横で胃を押さえている、罠解除や弓を使いパーティーの中衛としてバランサーを務める軽戦士のセル（16）。

セルはいつもの軽い調子ではなく、真剣な表情でアユムにアイコンタクトで『お前の幼馴染、何とかしてくれ』と伝えている。

アユムは『こうなったら無理。ごめん』と首を横に振る。

翌日の６階層挑戦にあたり、アユムとセルは準備を重ねた。あらゆる場面も想定し備えた。

だから

がぉおオオオオオオオオオオオオオオオオオオオオオ！


フロア全体をふるわせる咆哮に遭遇した時、アユムは退路を確保する為、すかさず剣を抜いて前衛に立った。

背を見せ、一斉に逃げ出すのではなく、ゆっくりと悟られないように後退する。

アユムは殿《しんがり》。イットと並んで最後尾を警戒する。

その予定だった。

「炎よ爆《は》ぜろ！」


その呪文が発せられるまでは。

背後からの爆発に、アユムは為す術もなく倒れ伏す。

背中の激痛に視界が歪み、爆発の影響で聴力が弱くなっている。

驚愕に見開かれたアユムの瞳が映すのは、見慣れたダンジョンの床だけ……。

怒りが湧き上がる。同時に無念も湧き上がる。どちらが上回る。いやどちらも消えてゆく……。

回復魔法使いの出番だったが、回復されることはないという事をアユムは知っていた。

薄れゆく意識の中でアユムが最後に聞いたのは、回復魔法使いである彼女の言葉だった。

「アユム。もう貴方いらない。むしろ邪魔なの」

回復魔法使いリムの爆発魔法。

その直撃を受けたアユムはその場に放置される。

（農家に……なりたかったなぁ……）

意識を手放す直前、アユムの視界に巨大な赤いものが映る。

（せめて美味しいって言ってね……）

かなわぬ願いを胸に、アユムは激痛に見舞われ意識を手放した。

☆☆☆

この世界には、ダンジョン作物という作物がある。

ダンジョンの再生能力を利用して2晩ほどで急成長し、冒険者たちに一時しのぎの食糧を与える。

アユムがダンジョン作物の存在を知ったのは村を出た翌日、冒険者を始める為に冒険者組合の資料を読み漁った時のことだった。

ダンジョン作物については、比較的初期段階で知ることとなった。その欠点を含めて。

アユムが冒険者になると決めたのは、村を出た翌朝の事だった。

何だったら送り返してやるぞ？　と言う中年冒険者たちと、冒険者の良さを熱く語る幼馴染。

イットやリムが強引なのは知っていた。それは幼馴染なのでもう諦めていた。

イットとリムは冒険者として実績を積み、収入が安定すれば結婚するだろう。

結婚に至るまで3～4年程度かな、とアユムは冷静に見ていた。

彼らが結婚すれば、独身のアユムは同じパーティーを組むことはないだろう。

独身の冒険者と家族持ちの冒険者では、危険に対する認識が段違いなのだ。

そうなってしまえばアユムは大手を振って村に戻れる。

つまるところ農家になれるのだ。

村で受け入れてもらえなければ、別の村に行けばいい。

この国は開拓村が多い。働き手はどこに行っても歓迎してくれる。

そしてアユムは考える。どうせ農家に戻るつもりなら今のうちに勉強はしておきたい、と。

珍しい作物や作物に付加価値をつけられる方法。

食べ方への工夫の方法や珍しい調味料。

冒険者をしていないと出会えない物を求めて、アユムは街を歩き先輩冒険者と語らう。

先輩冒険者たちも、初めは陰気な印象の少年に声を掛けられ迷惑そうだった。

だが、髪を上げ後ろで束ねると、一転して熱心でかわいげのある後輩冒険者へと印象が変わるアユム。

自分の取るに足らない冒険譚《たん》や、他の地方の話に一喜一憂しメモを取る。

先輩冒険者たちはこの後輩の姿に癒され、そして現役冒険者のくせに『きっとこの知識を生かして凄い農家になります！』と息巻く少年に苦笑いを浮かべながら、次第に情熱溢《あふ》れるその夢を応援しはじめていた。

1年もすると、アユムは冒険者組合の上位者の間では有名な若手になっていた。

いわゆるアイドル的な存在というやつだ。

アユムにお土産を持ってくる冒険者が数多くいた。その中で受け取ってもらえ、しかも飛び切りの笑顔を拝めることで有名だったのが【ダンジョン作物】の種である。

アユムが所属するコムエンドの街。そこに在籍する冒険者たちの主な仕事は、街中にあるダンジョンの攻略だった。

そのダンジョンだが、実は価値のある素材を取れるモンスターが浅層に存在した。つまるところ、日帰りできる範囲で十分にダンジョンでの【産業】が成り立つのであった。

その為この街のほぼ全ての冒険者が、非常食であるダンジョン作物を育てた経験も、無論食べた経験もない。

育てたとしても、冒険者組合職員が冒険者へ配布する非常食としてのダンジョン作物であり、その種を収穫する為にダンジョン浅層で育て、糧《かて》を得る。

しかし2晩で実をつけるダンジョン作物。

そんなに早く収穫できる作物があるのであれば、何故量産されないのだろうか?

その疑問は、食に興味のある冒険者が一度は通る道だった。

簡潔に答えると、不味いのだ。

固くもなく柔らかくもない触感。口に入れた瞬間苦く、何とか飲み込もうとするとひどい悪臭が鼻まで登る。そして食後はその悪臭が体内からあふれ、身もだえる。

吐き出さないで食べるのは至難の業だ。

食べ終わった後に延々と残る強烈な臭みは、ダンジョン作物を食べた冒険者に、『これは本当に最後の手段』と決意させるに十分な味わいだった。

だから、浅層のモンスターが商品となるコムエンドのダンジョンでは、冒険者たちは引退するまで一度として食べることがないのが普通であった。

この街、コムエンドの経済構造についても説明しておこう。

主要産業はダンジョンである。

まず、現役冒険者たちが浅層のモンスターを狩る。

次に、引退して間もない冒険者がモンスターを一次加工する。

そこから職人たちが各種商品に仕上げる。尚、職人の道を進む冒険者も少なくない。

そして交易都市に近い位置に存在する為、上質な商品を求め各国商人が買い付けに来る。

人口3万のこの都市は、ダンジョンからの実入りによって国有数の裕福な街であった。

これがダンジョン都市コムエンドである。


――ダンジョン15階層――


「アームさん」

アユムが目覚めると、広いフロアの真ん中で大型モンスターが鎮座していた。

巨大な赤。第一印象はそれだ。

その赤い毛並みは、ダンジョンなどではなく宮殿が似合うと思わせる美しい毛並みであった。

野生動物であるモンスターにはあるまじき艶やかでかつふわふわとした毛並みに、アユムは一瞬呑まれてしまう。しかしてその美しい毛並みの奥に潜む凛とした精悍な表情、そして時折垣間見える鋭い牙は、このフロアの王者が誰であるかを雄弁に語っていた。

その堂々とした姿に感じいったアユムは、腕を組んでうーんと唸りながら何かを一生懸命考え、何故だかそんな言葉を口にした。

モンスターは反応しない。

自分はここで現れた冒険者と対峙するのが仕事であり、使命である。少年にかまけてうっかり冒険者が来てしまっては階層主《フロアボス》として恰好が付かない。

「いい名前だと思うんだけどどうかな？」

長い茶髪を後ろに束ね、普段は隠れていたアユムのキラキラした瞳がモンスターに向かっている。

モンスターは自覚なく口元を歪ませた。

「やった！　その名前でけってーい！　僕はアユム。よろしくね！　アームさん」

「がぅ」

アームさんは、アユムを見て小さく唸る。

意思の疎通が取れたと踏んで、アユムはもう一歩踏み込む。

「では、アームさん。１つ相談があります」

「がぅ」

アームさんは視線を入り口から離さず小さく唸る。

「農業していいですか!?」

アユムの熱意あふれる視線にアームさんの目が点になる。そしてどうにでもしてくれと**「がぅ」**っと先ほどと同様に唸る様に小さく返事を返す。

その様子にアユムは全身を使って喜びを表現する。アユムは目覚めてすぐに感じたことがある。

一つは穏やかに流れる風。一つは暖かな気温。最後は倒れていたアユムに包み込まれるような温かい感覚を与えた、魔法力あふれる大地。

それはアユムの求めていた土地と、15階

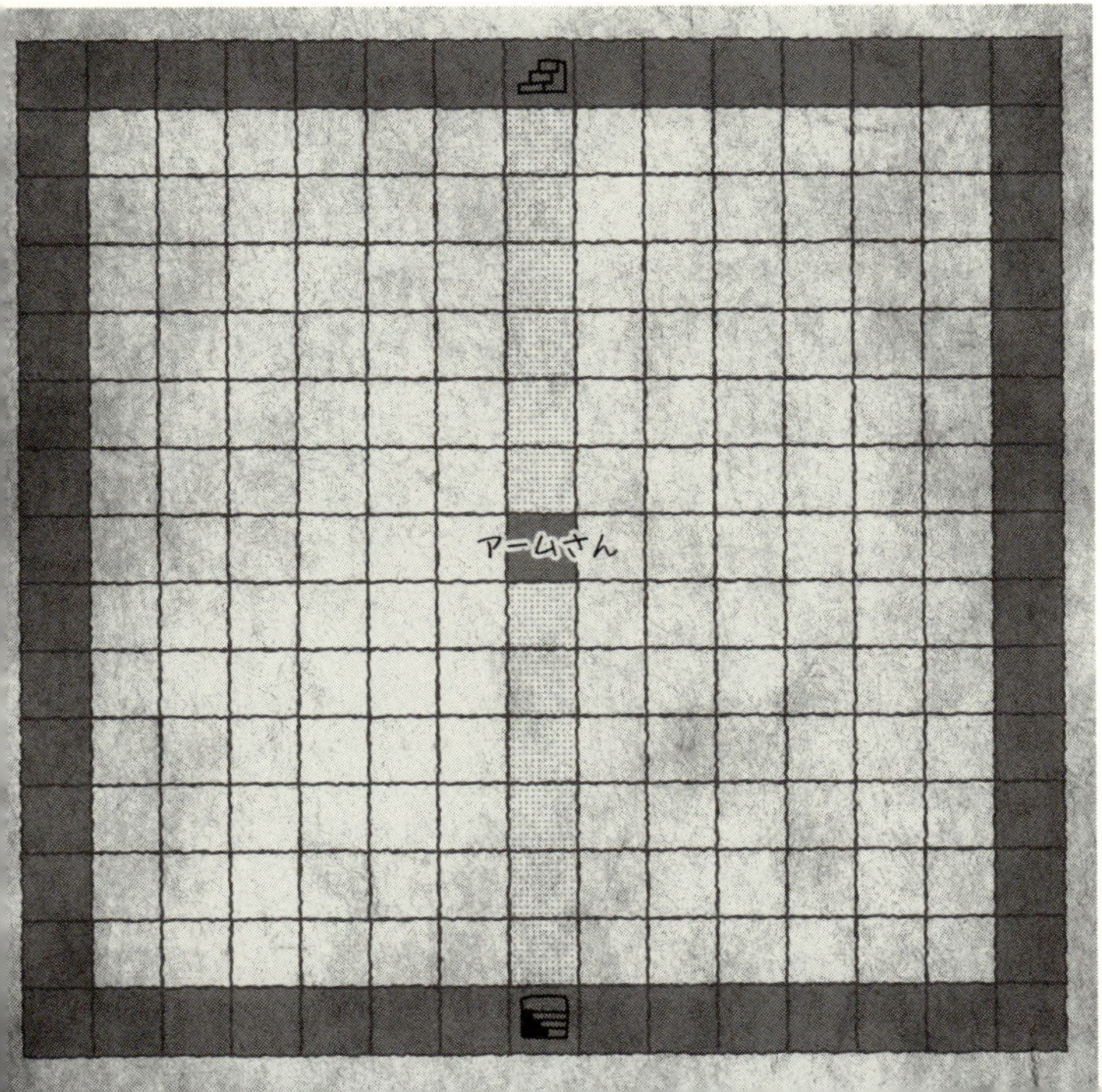

層の環境が合致した瞬間だった。

「やったー、じゃあフロアの端っこでー……土を耕さないと……うーん、鍬《くわ》が欲しいな……でもないか……」

フロアの端。かつて階層主に挑んだが敵わず、逃げていった冒険者たちが残した武器が無造作に積まれている。その一角で、アユムは無造作に1本の剣を手にして悩む。

アユムはやがて諦めたように壁へ向き直る。アユムが片手に剣を携えているので、アームさんはどことなく緊張感をたたえている。

「よっし。やるぞー」

剣を振り上げ張り切るアユムは、アームさんに完全に背を向けている。

眺めていたアームさんは『この子には危機感というものはないのか……』と悩む。

やろうと思えば一呼吸のうちにアユムの命を摘む事はたやすい。

爪で両断。牙で一噛み。水魔法で粉みじんにすることも不可能ではない。

アームさんは視界の端に映る不思議な生き物に徐々に興味を惹かれていった。

さて、剣を構えるアユムは壁までの距離およそ20mの場所にいた。

ふっと軽く息を吐き出したアユムは、打って変わって隙のない下段構えからそれを打ち出す。

「必殺！　土龍烈波！」

振り上げた剣は途中、剣先が土を削るように触れると、土は龍の姿となり勢いよく周囲の土を巻き上げながら壁に向かって走り抜ける。

どおおおおん

壁が少し傷ついたのを確認すると、アユムは壁まで続く土の端に剣を突き立てる。

「ここはトウモロコシだ！」

腰から短剣を抜き放ち、腰のポーチからダンジョン作物トウモロコシの種を取り出し植えてゆく。

不味いと言われるダンジョン作物だが、アユムには自分が作れば美味しくなる自信があった。

いや実績があったと言ったほうが良い。

こっそりとダンジョンで育てた作物を料理した上で、何食わぬ顔でパーティーメンバーに食べさせてみた結果、好評を得ていた。その後も試食実験を繰り返し確信に至っている。

アユムはたのしそうに種をまき、技によって巻き上げられた土をかぶせ、魔法力を土の上から種に通す。こうしてダンジョン自体が持つ魔法力の流れにダンジョン作物を適合させる。

アユムは知っていた。これまでの不味いと言われた作り方は投げやりすぎるのだ。

だからこそ、ちゃんと肥料である魔法力と、その作物に合う土地を用意すれば美味しいものが育つ。きっと種は悪くない。アユムはそう信じている。

「水よ」

最後にさっと水を撒《ま》くと、アユムはアームさんの近くに戻ってきて横になる。

「アームさん、僕お昼寝しますね。おやすみなさーい」

アームさんすら目が点になっている。状況を理解する間にアユムは夢の世界へ旅立っていた。

アームさんは思った。


(変なものを拾った……)


切っ掛けは階層主として管理階層の巡回中に起こった出来事だった。

ダンジョンモンスターとは、ある定位置に設置され、ただ冒険者を待つ存在である。

それが月日が経つと暴走する。

その為にフロアボスと呼ばれる管理領域を持つモンスターが、暴走しそうなものを定期的に刈り取る。

肉に関しては狩ったモンスターが少量食べ、残りはフロアのモンスター達に任せる。

食べる必要のないモンスターたちは焼却処分するのが常であった。

このダンジョンは5階層までは冒険者たちが多く、態々《わざわざ》管理に向かわなくて済むのだが、6階層から下の層は見て回らなければならない。

アームさんはその日も自分の業務として、15階層から6階層に向かっていた。

そこで違和感を覚える。今日は珍しく冒険者がいた。

いつものように警告を発する。

がぉおオオオオオオオオオオオオオオオオオオオオ！


大抵の冒険者が、この警告で逃げてゆく。

ダンジョンにとって彼らは必要な存在なのだ。無駄に数が減るのは正直勿体ない。

怯えの臭いがアームさんにまで伝わってくる。なので逃げ去るまでアームさんは待つこととした。

いつもの事だ。

しかし、いつもと違った。

どおおん

小さな爆発音がする。そして逃げてゆく足音が聞こえる。

流れてくる臭いは人間の焼ける臭いだ。

アームさんは他の５人が逃げ去ったことを確認すると、その焦げた人間の方へ足を向けた。この人間も処分しなければならない。

少年の近くまで行き処分を執行しようとしたアームさんだが、彼の体は違う事をしていた。

途中で拾った冒険者のカバンからポーションを取り出すと、器用に栓を抜いて少年に振りかけた。

全て振りかけ終わると少年の苦しげな息が安定した寝息に変わる。

アームさんは思った。自分は何をしたのか、と。

自分が処分しようが回復してこのまま放置しようが、少年の死亡という結果は変わらない。

では何故《なぜ》自分は少年を助けたのか……そんな命令は組み込まれていない……。

アームさんの思考は混乱を極めていたが、アームさんの体は躊躇なく少年を咥《くわ》え自分の階層へ戻っていった。

そこでようやくアームさんは自覚した。

（ああ、自分はもう狂い始めているのだ）
・
・
・
アームさんは、土の上でマントに包《くる》まり幸せそうに眠るアユムを眺めている。そこでハッと気付く。どうやら時間が相当経過していたことに。

もう何年も見続けた階層の入り口を見もせず、只々アユムを見守っていた自分に、アームさんは驚いていた。

「……んーーー！　よく寝た!!　あーもう夕方か」

このダンジョンは、外部時間に合わせて天井の照明の強弱が変わる。薄暗くなっているので夕方なのは確かだ。

「おおーーー！　やっぱりよく育ってる」

アユムは起き上がると、トウモロコシを植えたあたりがもはや高さ2m程度の緑に育っていることに気付き、そのままアームさんを警戒する様子もなくトウモロコシのもとへ駆けて行った。ヤレヤレとばかりにアームさんもその後に続く。

何故続くのか？

（狂っているのだ。気にしてもしょうがない）

そう結論付けて、アームさんは気にしない事にした。

アユムは1本のトウモロコシをもぎ取ると、葉とヒゲを取り、生のままかぶりつく。

不味いはずのトウモロコシに豪快に齧《かじ》り付くアユム。

本気の表情でトウモロコシと向き合うアユム。

シャクシャクと瑞々《みずみず》しい印象を与える咀嚼《そしやく》音がフロアに響く。

ゴクリ
思わずアームさんの喉が鳴る。それをアユムは見逃さない。

「あま――い！　甘いよアームさん！　食べてみて!!」

アユムは半分に折ったトウモロコシをアームさんに掲げる。

アームさんは唾をのむが、野生の意地で顔をそむける。

アユムはめげずに反対側に向かう。またそむける。

10度繰り返した。アームさんがチラリとアユムを見るとその瞳はキラキラしている。どうやら諦める気がないようだ。

（しかたあるまい……）

アームさんは観念して口を開く。

そこにアユムはまずは実の部分を短剣でそぎ落として入れる。

アームさんは**『人間と味覚が違うのだ……』**などと心の中で言い訳をしていたが、トウモロコシの実が口に入った瞬間、その甘みに囚われた。

バッと顔を上げるとしたり顔のアユムと目が合う。

（ぐぬぬぬ）

悔しいと思う心とは裏腹に、アームさんは再び口を開き鳴く。

「にゃあ（ぎぶみー、とうきび！）」

笑顔全開のアユムは、残りのとうきびを口の中に入れる。

咀嚼すると甘み。かすかな歯ごたえの後に旨みが追いかけてくる。

「がおおおお！（我、天啓を得たり！！！！）」

思わず遠吠えをする。

そして期待のまなざしをアユムに送る。

「アームさん、ここで火を使ってもいい？」

高速で頷くアームさん。もはやそこに15階層階層主としての威厳はなく、よだれを垂らすだけの大きなおネコ様がいた。

アユムはポーチから火の魔石を取り出すと、魔法力を付与し大地に置く。

すると魔石からたき火のような炎が立ち昇る。アユムが込めた魔法力からすると、おおよそ1時間ぐらいは続く。

そこに無造作にもぎ取ったトウモロコシを皮ごと投げ込む。


「がう！（もったいない！）」


そんなアームさんに構わず、アユムは立てかけて置かれていたロングソードを使い、トウモロコシを転がし焼き加減を見ている。その瞳はどの場面よりも真剣だった。

思わずアームさんにも緊張が伝播《でんぱ》する。

10分程度経過して皮が黒焦げになったトウモロコシを取り出す。

非常にいい匂いが漂う。

ぐううううう

熱が冷めるまで少し放置していたアユムと、お腹を鳴らしたアームさんの目が合う。

「期待してて♪」

その言葉にアームさんの期待が膨らむ。

熱が落ち着いたところでアユムは皮をむく。

ヒゲを避けるとポーチから革袋を取り出す。通常の旅であれば水を入れるような丈夫なものだ。

そこから少量の黒い液体を慎重にトウモロコシにかけ、そして再び火に。今度は表面に焼き色を付けるだけだが、そこでアームさんはまた違う臭いをかぐことになる。

アユムは味見の為少しかじると、天を見上げ拳を握る。

ごくり

アームさんはもうすでに待ちきれない。期待値が限界を超えている。

「がうがう（はりーはりー！）」

「アームさん猫舌大丈夫？　熱いよ？」

「がう！　（その燃え盛る魔石喰ってもなんともないくらい平気だ！　もったい付けないで、いけず♪）」

アユムはアームさんの迫力に押されて、半分に折ったそれをアームさんの口の中へ入れる。

「がう！　（これや！　これがくいたかったんや——————！　わてはこれをくうためにいきてきたんや——————！）」

アームさんの咆哮がダンジョン中に響き渡る。

「……がう（……うまいこそ正義。ふう……いい汗かいたぜ）」

そしてもう半分を口にするアームさんであった。

こんな時に侵入者が来たらどうするのだろうか……。

「がう（侵入者きたら一緒に食べるに決まってるだろ？　美味しいものはみんなで食べるのが一番

だ！）」

焼きトウモロコシに夢中のアームさんを横目に、アユムは追加で4本もいで火の中に放り込んでいる。

「トウモロコシ、成功～。次は何がいいかな～」

鼻歌を口遊みながら剣でトウモロコシを転がすアユム。

ちなみに、その剣が名剣で市場に出るととんでもない価格の剣であるという事は、この場の誰にも気にされない事実であった。

2話「お手！　……いやジョークです。」

「がう（ちょっとそこで正座しなさい）」

アームさんは怒っていた。

アユムは不思議そうに座る。髪を後ろにまとめてコテンと首を傾げる。

「がっがう（……ぐっかわいい……けど……、叱るときは叱る！　大人の義務だ！）」

頬擦りしたくなった気持ちに勝ったアームさんは、畑区画の壁を指して唸る。

「ぐるる（あれがなんで、どうやったのか説明しなさい）」

突然だが、アームさんは最近アユムと一緒に昼寝をするようになった。

今までにない事だ。

モンスターとは、配置された所で人類を待つもの。

必要性を感じないので本来は瞬きすらしていないのだが……アームさんはアユムに寄りかかられると、ついつられて眠りに落ちるようになってしまった。

一度スリープの魔法をアユムが使っているのではないかと疑ったが、魔法力反応がない為アームさんは自分が狂っていると結論付け、抗い難い睡眠の快楽に身を委ねていた。

アームさんは、心地よい眠りから耳をつんざく大音響で、急激に現実へ引き戻され不機嫌であった。

そして、槍片手にまさかのダンジョンフロアに大穴を開けたアユムを見て、明らかに動転していた。

「あれ？　さっき『あそことあそこに窯《かま》とトイレ作っていいですか？』って聞いたら『**がうがぅ（うんうん……）、ぐー**』って快諾してくれたじゃないですか？」

「**がう、……がうがー（それ『ぐー』言ってる時点で寝ぼけてる！　……で、どうやったの？　魔法なんかじゃ穴あかないし、レベル100ぐらいいないと傷付かないいんだよ？　アレ）**」

尚、レベル100を超える人間と言えば、国内でも片手で数えられるほどしか居ない超人たちである
アームさんも本気で試したことはないが、アームさんをしても壁を傷つけるなんて事はできるかどうかのレベルである。

「ああ、それですか！　固そうだったので『奥義！　破砕突き』を使いました!!」

あっさり言ってのけたアユムにアームさんは眩暈《めまい》を感じた。そしてゆっくりともう1度壁を確認する。……相も変わらず1mぐらいの深さでえぐれている。

そもそも奥義とは武人が一生かけて編み出すもの。こんな小さな人間が扱えるはずもないのだが

……。

「あ、破砕突きっていうのはね。ランカス師匠に教えてもらったんだ♪　異世界人が持ち込んだ『気』っていう力と、岩石魔法を合わせて槍の先端に触れたものを破砕する技なんだよ！」

どう？　すごいでしょ！　笑顔のアユム。

もう深い事は聞きたくないとばかりに、頭をアユムに擦り付けるアームさん。

アームさんは思った。

（そういえばこないだは必殺技使ってたな……うん。……考えるのやーめた！）

「がう（わかった。怪我しないように頑張りなさい）」

そう言うと、伏せてあからさまに寝たアピールをしつつ、アームさんはアユムの行動を薄目でチェックしていた。

（美味いもの作るなら、呼ばれ損ねることのないようにしなければ!!）

食欲が存在意義を凌駕した瞬間であった。

・

・・

・・・

さて、なぜアユムが奥義だの必殺技など使えるか説明しておこう。

普通、奥義も必殺技も達人が基礎を積み重ね『通常戦闘とは違う発想から』編み出される技である。

ちなみにこのダンジョン都市では奥義や必殺技まで至った冒険者が引退後職人をしていたりする。

無論本人が積み重ねてきたことに近い職に就く。

そして職人の道でも有名になる元冒険者が多数存在する。

アユムがそんな職人たち（の懐《ふところ》）に『仕事を手伝うから冒険譚を教えてください！』と飛び込んで行くのに、そんなに時間は必要なかった。

冒険者登録後、半年もしないうちに職人たちの工房へ突撃していった。

初めは迷惑がった職人たちも、次第にめげないアユムの真摯な姿勢に興味を持つようになった。

そして自分の技術を教えるようになった。面白半分で。

それを自慢げに職人たちの飲み会で話したのが『奥義！　破砕突き』を教えた石細工職人のランカスだ。

当時、元冒険者の職人たちの集いで、ランカスは熱く語った。

「職人作業の合間に、ほんのジョークで奥義教えたら……」

ドワーフにありがちな大酒豪ぶりを見せつけつつ、ガハハハッと笑いながらフォークを槍のようにしてヒュッと振る。

「できてやんのよ♪　これまたほんとなんだよ」

話し相手の人間は、銀髪にひげを蓄えた頑固職人。貴族の依頼も気に入らなければ蹴り飛ばす、陶芸家シュッツは普段弟子には絶対見せない笑顔で腹を抱える。

「嘘つけ、なんだ『そんな夢を見た！』ってオチだろ。ドワーフのくせに酩酊《めいてい》中か？」

腹を抱えて机をたたくシュッツ。それでもランカスは自信満々で言う。

「かかか、どこかの土いじり老人と違って弟子育成にかけちゃ一級品って事だぜ」

そう言ってガハハハッと笑い続ける。

空気が凍り付く。

「誰が土いじり老人だ」

「ドワーフは酔わねーんだよ。耄碌した老人じゃねーか」

……。

「「**ああ？**」」

まるで昭和の不良のように極限まで近づいて睨み合う２人。

「まぁまぁ。落ち着いてください。折角の機会なのにいがみ合っちゃだめですよ」

間に入ったのはエルフの家具職人タロス。

タロスは険悪になった２人から話を聞くと、ポンと手を叩き言う。

「じゃ、実際にアユム君をみんなで見てみよう！」

周りからはやし立てる声がする。

どうやら興味を持ったのはタロス以外にもいたらしい。

その元冒険者の職人たちの集いの後日、冒険者組合を巻き込んで催しが開かれた。

開催日には、飲み会の席で派手な事をしたからだろうか、その場に居なかった職人も話を聞きつけ技試しの場に多くの元冒険者の職人たちが集まった。

そして、ランカスが連れて現れた少年を見て皆一様に驚く。

そう、アユムは片手剣を使う剣士だった。

筋肉のつき方や歩き方から槍の素人であることが窺えるほどだ。

アユムを見た職人たちは皆一様にこう結論付けた。

(ランカスの奴いつのまにショタコンにジョブチェンジしたんだ……いい奴だったのに残念だ……)

そんな職人たちを横目に、2m四方の岩を前にしたアユムは手渡された槍を静かに構える。

そこで幾人かが目を細めた。

「試技開始!」

職人たちの憶測をタロスの掛け声が阻む。

「奥義!　破砕突き!」

アユムの槍から放たれた流れるような、武芸者であれば見惚れるような、相対する者であれば死を覚悟するような、美しい技が先ほどまで素人然としていたアユムから放たれる。

そして槍の穂先が岩に接触し次の瞬間、岩を破砕する。まさに槍の名手とうたわれたランカスの技であった。

当然とばかりに胸を張るランカスに『やりました師匠』とアユムが駆けてくる。アユムをなでるランカスの下に即座に職人たちが殺到する。

「手前《てめえ》何しやがった！」「面白そうなこと1人でしてんじゃねえ！　まぜろ！」

その日からランカスの意思とは関係なく、各職人へのアユム貸し出しが決定した。

「すまんな。アユム。儂ではあの爺どもを止められん」

「大丈夫です。皆さんのお話を聞けるなら、むしろお願いしたいくらいだし。一番の師匠であるランカス師匠が止めないってことは、きっと問題ないはずです。これがダメなことなら師匠が無理やりにでも止めてくれるって信じてます♪」

その後およそ半年で、すべての職人から何かしらの技を体得していったアユム。

職人組合並びに冒険者組合を巻き込んで、コムエンドで新たな教育方法が提唱される事となるのはもう少し後の事だ。

『アユム式』

職人たちの暴走の結果だが、引退後冒険者の社会復帰をしやすくする流れ。その1歩目だった。

当のアユムは、珍しいダンジョン作物とその特徴について多く知ることができ、睡眠時間が激減するもホクホクの毎日だった。
・・・

・・・

「がうっ!? （やば、ねちゃった!!）」


食欲よりも睡眠欲が勝ったアームさんだった。

目を覚ますとすでに窯は出来上がっており、そこにアユムの姿はない。

窯の前には石造りのテーブルが２つ。

そして、その隣には今まで食べてきたトウモロコシの皮が山と積まれている。

そこまでは想定の範囲内の光景だ。

さらに隣に、アームさんは見た事のない緑の塊が植えられているのを発見する。

地球でいうなれば葉物野菜だ。

その隣には数十本の木々が整然と植えられていた。

さすがにこれは未だ50cm程度の高さである。

ざっと見渡したがアユムはいない。

アームさんは念のため、冒険者の忘れ物置き場となっている反対側に目を向けるとそこにアユムがいた。

深さ１m程度。幅奥行きともに６m。何とかアームさんが入れるぐらいの石の枠ができていた。

「アームさん、おはようございます！」

石の枠からアユムがひょっこりと顔を出す。

（魔法を使いすぎて寝てたのか……）

「がう（何してるんだい？）」

「これですか？」

言われてアユムは自信満々に石の枠の上に立つ。

腰に手を当て珍しく自信に満ちた表情で、アユムは言い切った。

「お風呂です！」

「がう（じゃ、ぼく20階層の子になってくるから！）」

お風呂と聞いて光の速さで家出したアームさんだったが、翌日にはダンジョンの強制力で15階層に戻されることとなる。

ちょうど石鹸を作り終わったアユムがアームさんを迎え、一緒にお風呂に入らされることになる。

「がう（おれ汗かかないし、汚くないし、臭くないもん！）」

「はいはい、きれいきれいにしましょうね～」

「がう～（熱いのきらい！）」

「あがったら焼きもろこしあげますよ」

素直に従うアームさん。

階層主はいつの間にか大きな猫になっていた。

「がう～（うま――――――――――――――――――！）」

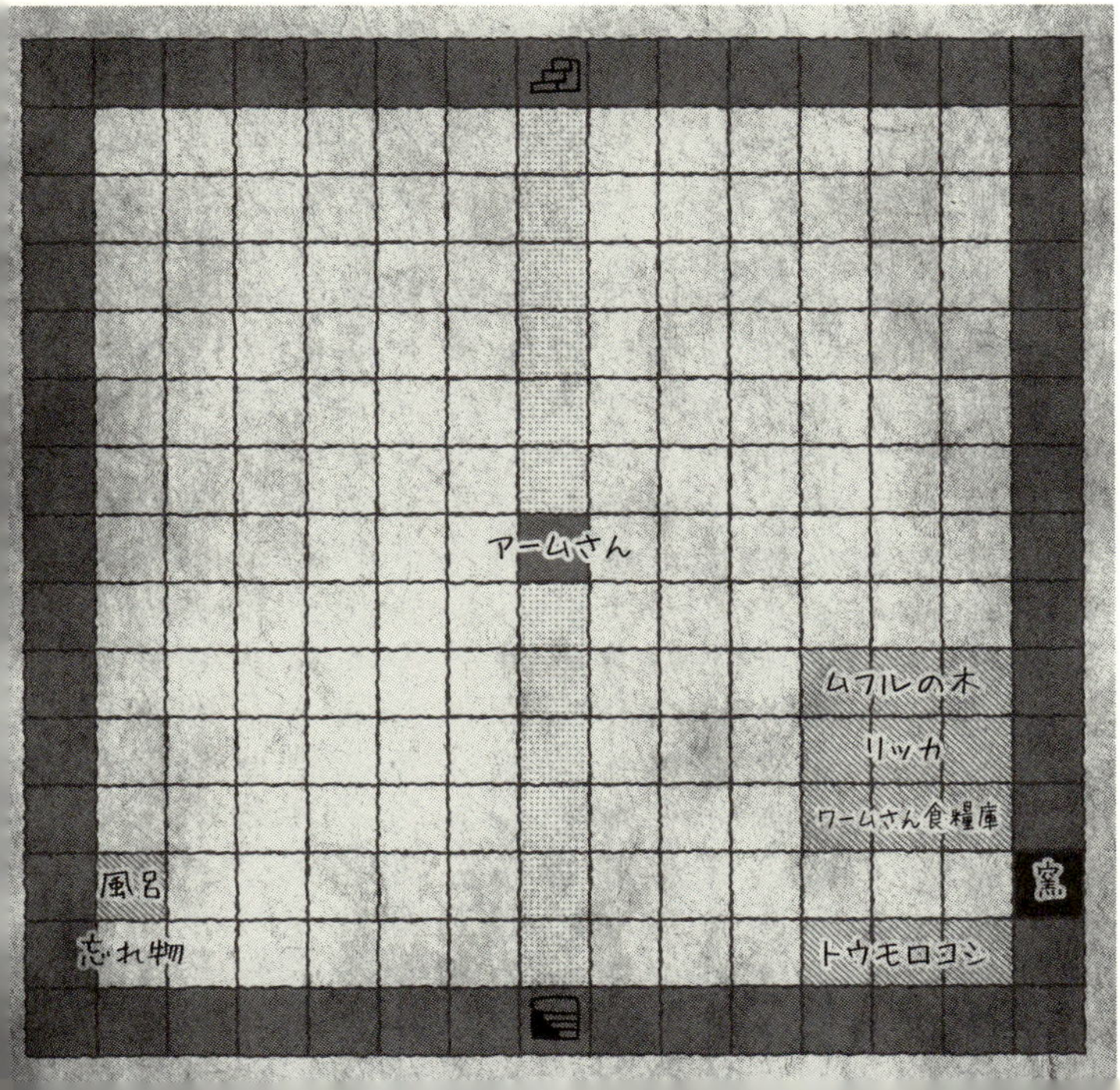

3話「妖精さんとその配下」

アユムにはこのフロアに住むようになってから何度か、『妖精』と思《おぼ》しきものとの接触があった。その接触は主に手紙だったがアームさんにも読ませようとすると灰になって消えてしまうので読ませていない。

ちなみにその手紙は必ず『例によって、君、もしくは君のメンバーが捕えられ、あるいは殺されても、当局は一切関知しないからそのつもりで。なおこの手紙は自動的に消滅する。成功を祈る』で終わる。

アユムは考える。排気口と排水口を設置してくれたお礼を妖精さんに要求されただけだと思うのだが、どこか殺される要素があるのだろうか？　などと不思議に思っていると、収穫物をのせたテーブルの横の土がボコリと盛り上がる。

「あ、ワームさんこんにちは♪」

１m近くある芋虫が登場する。

彼は18階層に生息するフレイムワームと呼ばれる芋虫である。口から炎を吐き、堅固な皮は剣を弾き飛ばす、その姿から想像もつかない素早い行動を起こす危険なモンスターだった。

「ボッ（ちーっす。今日も食べに来ました！）」

「あ、今そこに積んでるけどそれでいいかな？　少し土かぶっちゃってるけど」

「ボッ（バッチリ！　ここの土いい味してるからよりおいしく食べれるっす！）」

踊るようにくねくねしながらトウモロコシの皮や刈り取った草を食《は》み始めるワームさん。

お昼寝大好き大きなおネコ！ことアームさんは知らないが、最近頻繁に現れるようになった15階層の新たな住人と言って何の差支えもない。

「ワームさん。実の方は食べないの？」

「ボッ（食べるけどイマイチ、俺はこっちの方が美味いっすからこっちがいい……）」

先ほど収穫したリッカの皮をむく。そしてワームさんに提供。

「ボッボー（うまし！　うまし！）」

アユムは複雑な心境であるが、皮は栄養が詰まっているし、それだけ美味しくできたのだと納得することにした。

「ボッ（ああ、そういえば移住希望者がいるんすけど……大将また寝てますね）」

「そうなんだよ……よし、起こしてみよう」

「ボッ（大丈夫なんすか？　寝ぼけて食べられないっすかね？）」

「大丈夫。アームさんだし♪」

「ボッ（その信頼うらやましいような、そうでないような……）」

アユムは皮をむいたリッカのうちの1つを手にアームさんに近付いていく。

シュクリ
瑞々しい果肉にアユムが齧《かじ》り付く。広がるのは芳醇な香りと自然な甘み。思わず頬が緩む甘さ。

「おいし～～」

「がう！（どこだ！　俺の美味しいものは！　奪うものは出てこい！　神でも食い殺してやる！！！）」

寝坊助が起きた。

「アームさん。あーん」

寝ぼけ眼のアームさんはつられて口を開く。

そこにリッカが1つ投げ込まれる。

アームさんの咀嚼。

無言である。

無言でアームさんは口を開く。

アユムは無言で投げ込む。

咀嚼音、そして口を開く。

無言。

繰り返されること10度。アユムが両手を開いて『もうないよ』とやるとアームさんはこの世の終わりのような表情を取る。

「ボッ（大将……）」

「がっがう（お、お前18階層の不良じゃないか！　なんでここに！）」

ワームさんは不良だったらしい。

「ボッ（兄さんのお仕事の手伝いとお食事だ！）」

「がう（ほう、アユムの手伝いとな……本当だろうな）」

2匹の間に濃密な戦いの気配が充満する。

「あ、トウモロコシそろそろ収穫しなきゃ」

「ボッ（皮と葉っぱ♪　おねげーしやーす）」

「がう（とうきびじゃ！　とうきびじゃ！）」

……戦いの気配は一人置き去りにされてしまった。とぼとぼ帰る戦いの気配を置いて1人と2匹はトウモロコシ畑に向かう。

「ボッ（皮と葉っぱ♪　うめーっす。大将、自分これ食べることでどうやら畑に貢献してるらしいんすよ。ここで雇ってくれませんかね？）」

「がう（うめー！　この甘さやめられない止まらない！　……あ？　畑の役に立つなら許可する！ただしアユムを傷つけたら畑の肥やしにしてやる）」

「ボッ（まじっすか大将さんくす！　あと、もう1匹紹介したいんですけど連れて来ても？）」

「がう（ん？　ああ。ちょっとまて焼きトウモロコシうま――――！　……あ、他のやつな連れて来てみ、おけおけ）」


こうしてワームさんの正式採用が決まった。

そう言って地中に潜ってゆくワームさん。

それを見送りつつも収穫したトウモロコシから目が離せないアームさん。

「ボッ（焦げた葉っぱも中々乙でした！　じゃまた！）」

そこに16階層につながる扉が荒々しく開かれた。

入ってきたのは巨体のジェネラルオーク2体と、成人した人間サイズのオークが1体。

「がう（貴様、30階層のオーク帝国の王か……何をしに来た）」

アームさんの問いに3体は何も答えない。ただただアユムを見ていた。

「がう（アユムに用か？　……何とか言ったらどうだ！）」

いらだつアームさんだが、通常のモンスターに意思などないし指定の行動以外は取らない。

「ああ、妖精さんのお使いの人たちですね！　こっちに置いてあるので持っていってください～、あ、カバンとか籠とかありますか？」

言われてオークたちは背負っていた籠を降ろしサムズアップ。

「じゃあ、こちらへどうぞ！」

ぞろぞろとアユムに連れられてゆくオークたち。

「がう（……ここの家主、俺だよね……）」

アームさんをスルーしてアユムとオークたちのやり取りは続く。

しばらくして、３つの籠に山盛りとなった作物を背負ってオークたちが帰ろうとする。

「ああ、ちょっと待って。折角だから食べていってください。食べながら帰ってもいいよ」

アユムは全員に、リッカと皮をむいたトウモロコシを持たせる。

そして自分はリッカをかじる。

３体はそれぞれ見よう見まねでリッカをかじる。

ここに来て初めて彼らの頬が緩む。どうやら気に入ったようだ。

「ボウ（美味かった。また来る）」

オークの王はそうつぶやくと来た扉から帰っていった。

「がう（なんだったのあれ？）」

「あの人たちは多分、窯の上に排気口とか、お風呂に排水口とか作ってくれた妖精さんの仲間の人じゃないかな？」

「がう（妖精さん？　あ、それダンジョンマスターね）」

ようやく納得のいったアームさんだった。

☆☆☆

毎朝オークが現れるようになって数日、オークたちは段々手土産を持ってくるようになった。

「権兵衛さん。今日も立派なお肉ですね♪」

「ボウ（……たいしたことはない……）」

そう言って権兵衛は、獲物であるリーンラビットという24階層に生息している全長1・5mほどあるウサギ型モンスターを壁につるし、腹を裂いて処理を始める。これはアユムが肉屋さんで学んだことを、オークの王者権兵衛さんに伝授したものだ。

権兵衛さんは非常に刃物の扱いがうまい。なので手渡した冒険者の業物《わざもの》短剣で何でもできる。

「ボウ（とりあえず、ここに置いておく）」

肉の塊を木の葉が敷かれたテーブルに置く権兵衛さん。新鮮さについて語ったら、倒したその場で血抜きなどの処理をしてくれるようになった。素晴らしきかなお肉屋さん、であった。

「はーい、とりあえず……」

アユムは脂の乗っている部位はすぐ食べるようにより分け、赤身を冷蔵用の倉庫に放り込む。

脂の乗っている部位は、先日2mほどに成長したムフルの木から採取した樹液に漬け、塩を振り

1時間寝かせる。

アユムが料理をしている間、権兵衛さんはモンスターの皮を洗い干している。さらに時間が余ったので、トウモロコシやリッカ畑のお世話まで手を出す。

対してアームさんは何をしているかというと、じっとアユムの行動を見守っていた。万が一あのオークが何かしでかした場合、即座に助けられるように……。

「がう（じゅる……あのお肉美味しそう……）」

……即座に助けられるように！

「がう（そうそう、リッカの葉と塩とムフルの樹液をまぜると甘辛くて最高な味、最高の肉の調味料になるんだよなー）」

……自宅警備員であった。

「ボウ（働け駄ネコ……）」

返す言葉もない。あろうはずもない。

「権兵衛さん！　お風呂沸いたのでお先にどうぞ～」

アームさんがお肉に目を取られているとアユムは反対側にいた。

「ボウ（では、申し訳ないが一番風呂を頂く……）」

権兵衛さんが豪華な衣装を脱ぎ捨てると御付のジェネラルオークたちがそっと回収する。その手には着替え用の衣装がある。

「ボウ（貴様もあとで入るとよい。アユム殿、石鹼をお借りする）」

「はーい、あがったら冷たいムフルジュース出しますから教えてくださいね～」

「ボウボー（了解である。あ～、染みる～。良い湯加減である）」

権兵衛さんはしっかり体を洗ってから湯船につかる。

ちょっと熱めのお湯に声が漏れる。

「ボフ（王、たくましくて素敵です）」

ボソッとジェネラルオークが呟いた言葉はアユム以外誰にも聞こえなかった。

そしてアユムも空気を読んで笑顔でスルーした。

その後アユムとジェネラルオークが入り、嫌がるアームさんは権兵衛さんに引きずられて放り込まれる。

大きなおネコのアームさんを洗うのは重労働だ。最近はジェネラルオークさんという強力な味方を得て、重労働から解放されつつあるアユムだった。

「がう（あー、いい。そこそこ。ちょっジェネラルオーク強い！　そそ、そのぐらいで。やるジャンお前、あとでトウモロコシやるよ）」

「ボフ（あざーっす）」

そんな光景を眺めながら、ムフルの木でできた椅子に座り、ムフルの木でできたテーブルの上に頬杖を突き、ムフルの木でできたコップに満たされたリッカジュースをゆっくりとたしなむ権兵衛さん。

「ボウ（トウモロコシ、自分も）」

さて手早く乾燥魔法で体を乾かしたアユムは、本日のメインディッシュ、お肉様を窯に入れる。

しばらくすると、たれと肉の焼きあがる香ばしい匂いがフロアに充満する。ここは冒険者の鬼門ダンジョン15階層である。

「がう（フロアボスの間《ま》でいい匂いしたら悪いのか!?　ああ？　何が悪いんだ？）」

いえ、悪くないです……。

「ボウ（最近の世界の声は教養がないな……）」

そこまで言われるのは心外です。

「ねぇねぇ、2人とも誰と話してるの？」

「「ボウ・がう（気にしなくていい。小物だから）」」

……覚えてろよ、くそネコとちび豚。

……そんなやり取りの中、お肉が焼きあがる。

窯から複数個の肉の塊を取り出してゆく、そして。

「奥義、真空刃斬！」

アユムが短刀を振りかざすと肉がスライスされてゆく。スライスされたそれは自動的にテーブルの上に載った、リッカの葉が敷かれた大皿に肉の山として積まれる。

「「ボウ・ボフ（最高！　早く食べよう!!）」」

アームさんには大きな木の皿に盛って提供する。

「じゃあ、皆さんいただきまーす」

「「「がう・ボウ・ボフ（いただきまーす）」」」

アユムは気付かない。妖精さんからも『残して！　私の分も!!』と書かれた手紙が来ていることに。

そしてその手紙に完食間際に気付いて、保存用の葉っぱに包んでオークさんたちのお土産と一緒に持って帰ってもらう事にした。

「あ、そだ。明日あたり人間の街に行こうと思うんだけど……畑のお世話お願いできます？」

「「「がう・ボウ・ボフ（ふぁ？）」」」

アユムも大概に突然な人間であった。

4話「街に戻って色々します」

「がぅ……（大丈夫か？　忘れ物ないか？　ハンカチ持ったか？　おやつ持ったか？　この先モンスターいるけど途中で諦めないか？　いつ帰ってくる？　夕方？　それとも明日？）」

微妙に体を揺らしながら、アームさんはどこかの過保護な親父さんのような事を言うが、アユムに苦笑いされるだけである。

「ボウ（落ち着け駄ネコ。明日帰ってこれるわけなかろう。1週間ほど見ておけ）」

オークの王様、権兵衛さんは冷静に言うが、手にしている槍の穂先が地面を向いている。普段なら逆のはずなのに。

「がう（だって、アユムが悪い人間に誘拐されたらどうするんだよ？）」

「ボウ（落ち着け。1週間で戻ってこなければ打って出ればいいだけの事）」

権兵衛さん落ち着いて。

「ボウ（黙れ世界の声）」

「がう（大人しく状況説明だけしてろ童貞）」

ちっ、駄ネコに子ブタが……（ボソ）。

「ボウ（そういう事でアユム、1週間後の夕方までに戻らなければ誘拐とみて街まで行くから）」

「がう（人間社会怖いよ？　今からでも15階層にかえろ？……）」

この2匹についてキャラがどうのこうの言うのはやめることにする。もう末期だ。

「でも、ここで行かないともう調味料が……」

「がう（くっそ人間どもめ！　そんな卑劣な罠を！！！）」

「ボウ（征服して手に入れるのも……）」

……君たち存在意義はどこに行った？

改めて言おう。ダンジョンモンスターとは、世界の調整機能としてのダンジョンが生み出した魔物である。その存在意義は、その場に存在する事並びに冒険者と戦う事にある。

無駄に冒険者を殺してその数を減らしたり、ましてや征服など言語道断である。

「じゃ！　美味しいもの仕入れてくるね!!」

「がう（やだ――――、……美味しいもの……いってらっしゃい！　……でもやだ――――――）」

アームさんがアユムの肩に顎をのせて泣きじゃくる。権兵衛さんも空いている方のアユムの肩に手を置き優しく語りかける。

「ボウ（畑の管理は任せておけ、保存できるものは処理して保存庫に置いておこう）」

「アームさん、鍋を買ってくるから煮込み料理が作れるようになるよ！」

アームさんの頭を抱え込んで優しく撫で上げるアユム。どっちが子どもかわからない。

ここは6階層から5階層へ続く階段がある広場だ。

先日アユムが言い出した突発的な地上帰宅宣言後、色々とあった。

まず帰ってこないと思ったアームさんが駄々をこねた。

駄々をこね、転がって抗議したらムフルの木を2本折った。

アームさんはアユムにお説教される。

そんなことを経て、何故アユムが帰るのか、アームさんと権兵衛さんにアユムの口から説明された。

まず『地上の冒険者組合やお世話になった人々を安心させたい』だ。

これは寝る場所以外快適になりつつある15階層の生活で、これまですっかり忘れていたことである。

冒険者組合はあっさりとした調査で終わらせるだろうが、知り合いは違う。きっと15階層まで来てしまう。そうなった段階で、生きていた上に呑気に農家やって楽しく生活してるなどと知れたら
……………。

という事で、義理を果たす半分、恐怖半分でアユムは地上に向かう。

次の理由は『調味料』にある。

アユムがアームさんに『調味料が無くなると、焼きトウモロコシが作れません』と言うと、アー

ムさんは苦虫を噛み潰したような顔で承諾した。

あとは農耕器具だったり、アユムの寝具や着替え等の雑貨も必要だ。

なので、アユムは地上に向かう。

最後までアームさんが粘ったのは、『自分も地上に向かう事』だが、ダンジョンマスターからの『おお？　職務放棄か？　処分してやろうか？』という手紙で耳をペタンと元気なく垂らし、渋々諦めている。

普通に考えて、モンスターがダンジョンから出てきたら一大事なのだが、そこはどう考えているのだろうか。

「がう！（特に考えてなどいない！）」

ちなみに、ダンジョン出口にはモンスター逃亡防止用の結界と、領主が設置した対モンスター用の結界があるので、両者の許可を得ていないアームさんでは外に出ることなど不可能である。

アユムは最終的に畑の管理について権兵衛さんと確認を取ると、笑顔で階段に向かう。

「権兵衛さん。よろしくお願いします」

そう言ってアユムは5階層へ続く階段を駆け上がっていった。

「がうぅぅぅぅ！（知らないモンスターについていっちゃだめだよ――。人間もね――）」

親バカというかバカ親、むしろくそバカ猫である。

「ボウ（さぁ、いくか）」

権兵衛さんが人心地ついたところでアームさんに声をかけるが、アームさんは名残惜し気に5階層に続く階段を眺め続けている。

「ボウ……（……お前、実はこのまま帰ってこない方が良いとか考えているのであろう？……）」

ここで槍の穂先が反対であることに気付いて、権兵衛さんは何事もなかったようにくるりと槍を回す。

「……がう（……ああ、俺がいつ暴走するかわからんからな……。そんな奴の隣にいるより、同族と一緒の方が幸せだろう。……でも帰ってきてほしい……）」

権兵衛さんは呆れたように額に手を当てる。

「ボウ（そこは正直に『帰ってきてほしい』とだけ思っておけ。お前が暴走したら俺が始末してやるから、安心してアユムを隣に置け）」

ちょっといい雰囲気のお二人！　これはカップル成立の予感！！！

「がう（ちょっと世界の声、貴様が執筆した『闇のブラック黙示録』とか俺手に入れたんだけどさ？　朗読しようか？）」

「ボウ（ほほう、1年A組世界の声って書いてあるな……。幼い頃の過ちだが、懐かしい記憶であることも確かだろうて。どれ、俺も朗読してやろう……）」

大変申し訳ございませんでした！！！

という事で場面転換します！

……お二人ちなみにそれはどこで手に入れましたか？

「がう・ボウ（白い空間で軽い男がくれた！）」

創造神様か……覚えてろよヒゲ爺。

☆☆☆

さて、折角なのでレベルについて触れておこう。

この世界にはレベルというものが存在する。

レベルとは何か？　と思われるであろう。

レベルとは、人類と呼ばれるある一定以上の知性を持った生物に対して神が与える恩恵である。

主に、モンスター討伐などの貢献・経験によってその数値が上昇し、筋力・魔法力適性などの基礎能力を向上させる。

一般的にはそう捉えられている。

ではどのようにレベルアップするのか？

コンソールが現れて世界の声が【勇者はレベルが上がった！】と一々報告してくれる……などという事はない。世界の声もそこまで暇ではないし、それをしたらストーカー疑惑が発生する。そもそも生物にそのようなおかしな機能を内蔵するような余裕はない。

たまに人類側からの要望を聞いて実現しようとするレベル神が現れるが、『世界の声が何億人必要になるとお思いで？』と返すと、苦笑いで帰ってゆく。少しは物事を考えてほしい。

基本的にレベル神が降臨し、本人に応じた存在へと存在進化を促すのがレベルアップである。

これに関しては人間、魔族問わず同じルールが適用される。

繰り返すが自動で上がるような、管理上面倒くさいシステムではない。

ちなみにアユムのレベルは5である。

これはレベル神殿で行われる神降臨時に、職人のお手伝いをしていてすっかりレベルを上げ忘れていたからである。

ゴキッ

「ぐああああああああああ！」

「ルーカス！」

「きゃああああ！」

「落ち着けハーティ！」

5階層のレアモンスター、モンクコボルトが彼らのパーティーメンバーを捕えると、見せつけるように腕をねじ切る。壊れたように悲鳴を上げ続けるルーカスを見せつけるように、仲間へ晒すモンクコボルト。

全長2m。通常のコボルトが1～1・5m程度であることからも巨大な体軀であり、その筋肉は鋼の剣すら通さない。ダンジョン5階層に稀に現れる凶暴なモンスターだ。

冒険者組合では、このモンスターと対峙した時の為に逃走用の道具を配布している。当然ながら彼らも所持しているはずだが、仲間の、ルーカスの右腕をねじ切られる光景を目前にして心かき乱され、対応できていない。

このままでは待ち受けるのは死のみ。

4人パーティーのリーダー、フィアルは冷や汗を流しながらそれだけは理解した。

紅一点魔法使いのハーティは戦士ルーカスの悲惨な状況に、未だモンクコボルトにつかまれているルーカスの回復に向かおうとしている。パーティーのバランサーであるヒルメは、そのハーティを止めるので手一杯の様子だ。

5分。

5分持てばいい方だ。そんな状況をモンクコボルトは愉快そうに眺めている。

そう、モンスターの暴走状態。本来はダンジョンで自我を得るはずのないダンジョンモンスターが、長い時間討伐されずに残ると狂化し、ダンジョンに漂う魔法力をその身に取り込み更に長い時間をかける事で自力で存在進化する。そして、暴走し進化したダンジョンモンスターは積極的に人を襲う。

冒険者を殺しつくせば外に出て無作為に人を殺す。殆《ほとん》どのダンジョンには脱出防止用の結界が標準装備されている。が……冒険者や土地の権力者が破壊。または悪意あるダンジョンマスターが解放などした場合、近くの村で悲劇が発生する。

モンクコボルトは彼らの混乱をさらに煽ることにした。

グシャッ
力任せにルーカスと呼ばれた少年の足をもぎ取り、混乱の渦中に投げ込む。

両手で剣を構えるフィアルはじりじりと後退を始める。両手で持った剣が小刻みに震えている。

モンクコボルトはこれを脅威外と判断する。

ハーティはルーカスへ応急処置をしながらも、復讐の炎を瞳に宿しモンクコボルトを睨んでいる。

モンクコボルトは口角を上げて挑発することにした。するとハーティは杖を振り上げ唸り始めた。

魔法使いが物理攻撃をしようとしている。モンクコボルトは愉悦に溺れる。

しかし、一人冷静になった男がいた。ヒルメだ。カバンに手を突っ込むと対策道具を引き出し、
モンクコボルトの隙をうかがっている。

モンクコボルトは次にこの男をやることにした。そして踏み出すため体に力を入れようとしたところで、モンクコボルトは力が入らないことに気付く。

「炎剣」

最後に少年の声を聴いてモンクコボルトの意識は消えていった。

ヒルメは奇跡を眼にした。最悪、仲間を見捨ててでも逃げる。フィアルとハーティの様子を見て冷静に判断していた。

そこで目が合う。

自分たちにとって死の化身であるモンクコボルトに気配を悟られず、音もなく忍び寄る少年と。

ヒルメはモンクコボルトの次の標的が自分であることに気付いたが、少年のその自然な跳躍に目を奪われる。

そして、透き通る声で奏でられた技名【炎剣】。上級冒険者となり魔法戦士の資格を得た者が覚える剣技だ。

振り切られた剣はバターでも切るかのようにモンクコボルトの首を断つ。一見斬れなかったように見えるが、首の断面周辺が赤い。そして少年がモンクコボルトの足元に降り立つと、その衝撃でモンクコボルトの首が滑り落ちる。

助かった。その安堵に腰が抜ける男2人を横目にハーティが叫ぶ。

「なんで今更現れるのよ！　もっと早く来てくれれば！　ルーカスは!!」

その後意味のわからない事を喚き散らすハーティをヒルメは抑え、少年に礼を言おうとしたが、再び少年に顔を向けるとそこには誰もいなかった。

「俺は夢を見ていたのか……」

「いや、何も言わずに行ったよ」

フィアルは顔に手を当て自分のふがいなさを責めている様子だ。その気持ちはヒルメも同様だ。

「せめて礼ぐらい言わないといけなかったな……」

「ああ」

その後、彼らは気を失っているルーカスを担ぎ上げると、警戒しながらダンジョンを脱出した。

その間モンスターに出会わなかったのは、きっと少年が間引いてくれたからだろう。

さて、その少年ことアユムだがダンジョンを脱出し、詰め所で兵士にいくつか詰問されたのち街に戻ってきていた。

（あー、怖かった！　あの女の子、街で会ったら僕のこと殺しそうな勢いだったな……ピンチに見えたから手を出したけど、もしかして獲物の横取りしたのかな……出会わないように注意しなきゃ……）

アユムはどこにいてもアユムであった。

「すみませーん。この間の調味料いっぱい欲しいんですけどありますか？」

アユムは慣れた様子で薬師《くすし》の家の扉を開く。ここの薬師は面白いものを仕入れるのが好きで、薬のほかにもその伝手《つて》で珍しい香辛料をそろえていたりする。

ちなみに、アユムの師匠その13ぐらいである。

「おう、アユ坊。あるぞー、あと味噌っていうのも仕入れたぞ。買うか？」

「沢山ください。あと薬になりそうな素材を……」

言い切る前にアユムは店主に両肩を摑まれる。目が怖い。そう思っていると店主が奥に向かって叫ぶ。

「おい！　冒険者組合と職人組合に走れ！　『アユム発見！　冒険者組合に移送する』だ！」

「了解です！」

目が点になっているうちに、あれよあれよと連れ去られるアユム。モンクコボルト相手に圧倒的な力を見せたアユムだが、師匠にはいまだほど遠かった。

そして30分後。何故だか冒険者組合のカウンターの上に正座させられていた。

「あれ？　これ、なに??」

どうやら自覚がないらしい。

どんどんと集まってくる高位冒険者と有名職人たち。

彼らが発する殺気に、アユムは只々戸惑うばかりだった。

「………………で？」

アユムは30人からなる厳《いか》つい顔の中高年たちに囲まれていた。

「すみません。依頼を……」

扉を開けて入ってきた小太りの商人風の男は、握ったドアノブを離さず固まる。

（何々！　空気悪っ!!）

固まっていると扉の近くにいたスキンヘッドの職人に睨まれる。

「……今日は臨時休業だ」

「ですよねー」

ははは と薄笑いを浮かべながらドアを閉じる。

（早くしまって！　怖っ！　冒険者組合ってギャングだったっけ？）

「あ、まって～。やってますやってます！」

組合長が慌てて追う。

結局、数分しないうちに組合の建物前に臨時カウンターを設けることとなった。

「アユム……」

「ハイ、なんでしょう？　ランカス師匠」

老齢のドワーフ。力を必要としている職人をしていることもあって、全盛期よりも筋力が充実しているランカスの瞳には、逆らってはいけないと暗示させる力が宿っていた。

（あっれ～、僕なんかしたっけ？　アレか！　お土産忘れたのがいけなかったのかな？　でも、ダンジョン作物ただ持ってくるだけじゃ食べてくれないし……）

駄ネコがいないのでボケがいないと思ったら、アユムがボケた。面倒くさい。

「お前さん今まで何をやっていた？　事と次第によっちゃ、あの5人吊るさなきゃならなくなるからな……」

「いやランカス師匠、穏便に。ていうか、吊るしたら捕まりますよ？」

至極ごもっともである。このような脅し文句は往々にして心構えを指すのだが、この場の雰囲気が本気を匂わせる。

「捕まる？」

ランカスを含め、その場にいる者たちが薄く笑う。

（怖いっす。僕に向いてるものじゃないけど怖いっす。お家《ダンジョン》に帰りたい……）

「エスティンタル、捕まるか？　儂？」

壁に寄りかかる男。50代に至るかどうかの金髪ナイスミドル、昔魔法戦士として名を馳せた魔法鍛冶師エスティンタルは鋭い光が宿ったままの瞳で、顎に手をやり数秒思案すると愉快そうに答える。瞳以外は実に軽快な様子であった。

「ははは、ないな〜。捕まったとして無罪だな」

この男、実は現国王の兄である。

王太子として立つ前に『面倒だ』と公言し、弟とそのとり巻きに徹底した教育を施し立派になるように仕向けて冒険者になった男だ。

今でも数年に一度、家族旅行と称して王宮に査察へ向かう。

普段尊大な上司たちが数年に一度、震えて暮らす姿と、叱責をくらう光景を目にした国の中枢で働く若き官僚たちは、エスティンタルへの畏怖を代々継承してゆくこととなる。

弟である王も、政治の腐敗が防げるので認めている節がある。まぁ、王自身も怒られるので良い刺激として歓迎している。

……かわいそうなのはそれを見ている王子たちであった……それは機会があれば話そう。

さて、そんなエスティンタルなので、彼の家族と彼自身には過剰な数の影が護衛として常時張り付いている。その為、やろうと思えば……。

「人間の5人や10人どうとでも……」

（黒い！　エスティンタル師匠黒い!!）

「ですな。不慮の事故とは恐ろしいものですな。不慮の事故とは」

両手剣を片手剣のように扱う竜人オルナリスは、カラカラと笑いながら言う。

重要事なので2度言ったようだ。

尚、この国で竜人は極端に少ない。ほぼいないと言っていい。いるとしたら、この近辺を管理する領主たる伯爵が竜人だったりするが、オルナリスは伯爵本人ではないと思われる。うん、本人じゃないといいな♪

「「「「だな、フハハハハハ」」」」

オルナリスの言葉に全員が応じる。総じて目が怖いまま笑っている。

太く低い声は、まるで地獄の悪魔たちの笑い声のように響く。

それは外で営業していた組合員と組合長の膝がそろってがくがくと震えだし、冷や汗で脱水症状になる程度の恐怖だった。

（いや、その渦中にいるんだけど！　どうしよう……）

本当のことを言ったら、仲間だった5人がどこかへの片道切符だけ持たされて旅に出てしまう。

アユムは、ここで生来のお人よしを発動した。

とりあえず、自分が囮になったことにして話す。

当然ながら信じてもらえなかった。

「わかんねーな。何であんなのをかばう？」

「幼馴染なんで……」

うーんと唸った後で、『生まれがこうなので、もうどうしようもないですね』と笑いながらアユムは答えた。

一同は示し合わせたようにため息がかぶる。

しょうがない。これが自分たちの弟子アユムなのだと。

「で、どうやって生き残った？」

最大の謎を問われる。これに関しては正直に答えるアユム。

「……ダンジョンモンスターをダンジョン作物で餌付けしただと!?」

「あ、いえ。居候させてもらってるだけです」

ざわめきが冒険者組合を支配する。あちらこちらで論争が起こっている。そろそろ、アユムは足を崩したいと思っていた。正座がきついと。

アユムがたまらず正座を崩して乙女座りになった頃。アユムの足をつんつんすると楽しい反応が見られる程度に時間が経過した頃、師匠たちの間である種の結論が出た。

「アユム、次ダンジョンに行くのはいつだ？」

「はい、1週間後には帰りますよ。畑お任せしてきちゃったので」

『帰る』という言葉に面々の表情が曇る。

「……ふむ、アユム。正気か？」

一同を代表してランカスが問う。

「ええ、ダンジョン作物を美味しく育てられる方法が見えたので戻りますよ～」

見るものを魅了する瞳。つい味方したくなる優しい表情。つまりはアユムの笑顔を周囲は目にする。

「そうか……」

アユムの農家としての情熱を目の当たりにして、一同にあきらめムードが蔓延する。

その後、ランカスを含めた全体会議が催された。

30分ほどの討議の結果。

「儂らも一緒に行こう。弟子が心配なのじゃ。拒否権はないぞ」

言われてアユムの頬が緩む。

「本当にダンジョン作物です。美味しく作ってますから食べてもらいますよ～！」

そのアユムの言葉に周囲は二重の意味で苦笑いである。

「さて」

一息ついてランカスの手がアユムの右肩に乗る。

「油断したとはいえ、あの程度の小娘が放った爆発魔法で戦闘不能になるとは情けない」

何故だか事情がばれていることに、さーっとアユムの顔色が青くなる。

「街で必要なものはここで伝えるがいい。出発の日までにそろえよう。素材も持ってきているようだし、それも捌《さば》こう……」

ランカスの瞳が優しい。いやな予感がアユムの背を伝う。

「Ｌｅｔ，ｓ山籠もり♪」

親父共が一斉にサムズアップで笑顔である。

(｀・з・´)b(｀・з・´)b(｀・з・´)b(｀・з・´)b(｀・з・´)b(｀・з・´)b(｀・з・´)b
さすがのアユムも遠慮しようとしたが、ランカスにつかまれて微動だにできない。

「安心しろ、爆発魔法なんか至近距離で喰らってもびくともしないようにみんなで改造……ごほごほ、鍛えてあげるからさ」

師匠たちの誰かがそう言うと『あはははは』という陽気な笑いがアユム以外から溢れる。外で冷や汗をかいていた組合員たちは、その笑い声で一息入れる。そしてアユムの無事を祈った。命は無事だけど、きっと何かを失うと彼らも直感していた。

冒険者組合を去り際に誰かがこぼした。

「これから本格修行か、思ったより早かったな」

残念ながら、その言葉はアユムには聞こえなかった。

尚、アユムを見捨てたパーティーメンバーたちだが、現在交易都市への商人護衛任務に就いている。

当然ながらアユムを殺したとか報告したわけではなく、『6階層撤退時に殿を務めたアユムがいつの間にかいなくなり、いつまでたっても戻ってこなかったのでやむなく置き去りにした』と報告している。

組合も6階層を調査したがアユムの死体や遺品も見つからず、彼らの報告を受理している。

だが、師匠たちは違う見解でいた。

そもそも『自分たちの修行を続けられるアユムが6階層程度のモンスターに殺られるはずがない』と、そしてこうも考えた。『魔法防御が低いので殺られるとしたら魔法攻撃』。つまり『最近魔法屋から回復術師のくせに爆発魔法を購入した小娘に……』という認識になった。

その見解は、弟子を通じてコムエンドの冒険者の共通認識となった。

常に白眼視され続けたパーティーメンバーを見かねた冒険者組合長が、護衛任務を何とかねじ込み、街から脱出させた形となった。

ここでアユムとパーティーメンバーが出会っていたら、どうなったであろうか……。

山籠もりで精神的に疲弊したアユムは、彼らの事をすっかり忘れている。


アユム、ガンバ♪

（お家《ダンジョン》に帰りたい……シクシク）


そしてあっという間に1週間が経過した。


「がう（まだかな♪　まだかな♪）」

5階層から降りる階段の下でリズミカルに左右に揺れるアームさん。

「ボウ（まだ朝だ。もっと時間かかる落ち着け）」

「がうっがうっが～（焼き肉～♪　リッカジュース♪　そしてなにより～）」

かまわずリズムをとるアームさん。

「がう・ボウ（焼きトウモロコシ～♪！）」

結局、仲良く歌う権兵衛。

仲いいな、このおバカモンスターコンビ……。

「……がう（なにやつ!）」

2番まである歌がループして何十回目かに、アームさんは何者かが下りてくる気配を感じる。

「ボウ（人間の気配だ、アユムか!?）」

コツンコツンコツン

鳴り響く足音に、アームさんと権兵衛のテンションが上がる。

そして、人間が下りてきた。

「……」

下りてきたのは、アユムと同じ服を着たアユムと同じ年の頃の巨人の少年だった。凡《およ》そ2mほど身長がある。

「がう（アユムが巨大化した!!!）」

「ボウ（おっ落ち着け!　アレだ。修行したら急に成長期とか来て、ちびっこキャラが高身長イケメンキャラに変わるアレだ!　きっとアレに違いない!!!）」

いや、それアユムじゃないから。

「がう・ボウ（……本当だ!!!）」

気付けよ、モンスターなら臭いでわかるっしょ。

「がう（アユムと同じ匂いするよ?）」

「ボウ（アユムが近くに居るという事だな……）」

権兵衛が誤魔化しているけど、さっきバッチリ間違ってましたよね。
……権兵衛は何かを考えるようにダンジョンの天井を眺めると、1冊の本を取り出した。まて……それは……。

「ボウ（邪眼流奥義『邪龍滅殺破壊光線』とは、その左目に宿した邪眼を通じて暗黒エネルギーを……(・_・;)プッ」

権兵衛さんはホンヲトジテ　ナニカイワントシテイル。

・
・・
・・・
……ごめんなさい。

「ボウ（アユム！　アユムはどこだ!!）」

「がう（まて次が降りてくるぞ！）」

ガタンガタンガタン

「おい！　アンソニー、何ボケッとしてやがる！　安全なら荷物降ろすの手伝え!!」

「師匠！　上級モンスターが2体います！」

アンソニーと呼ばれた少年は、よく見ればびっしょりと汗をかき膝が笑っていた。
一見駄猫と子ブタだが、これでも難攻不落の15階層フロアボス『クレイジーパンサー（討伐推奨パーティーレベル50)』と、20~30階層に帝国を築くオークの帝王『エンペラーオーク(討伐推奨パーティーレベル80)』である。出会ったが最後、死の宣告を受けるはずなのだ。一見な。見た目だけだとな。世間的にそう言われてるってだけだけどな。

「大丈夫でーす。かわいい猫の方がアームさんで、真面目系オークさんが権兵衛さんです。アンソニーさん、重い。手伝って」

「お、おう悪い。今いく……」

怯えながら、背中を見せないように後ずさりで階段を上るアンソニー。

「がう~(可愛いだって♪　照れちゃうな~)」

「ボウ(真面目……もっとユニークなジョークが必要という事か……)」

腕を組んで唸る権兵衛さんと、上機嫌に肉球を見せてアンソニーに手を振るアームさん。

アームさん。その手が恐ろしくてアンソニーさん、漏らしそうだからやめてあげようね。

それからしばらくして。

階段からゆっくりと荷車に体を当てながら降ろす。それが5台続いた。いずれも荷物満載だった。

それらを全て階段から降ろし終わると、アユムはアームさんと権兵衛さんの2匹の所に駆けてゆく。

「アームさん。権兵衛さん。ただいま!」

頬擦りして喜ぶアームさんと、アユムの頭を撫でて一息つく権兵衛さん。

その様子を油断なく注視していた師匠たちは驚愕している。

「本当だったんだな……」

「まさか、クレイジーパンサーとエンペラーオークとはな……」

「アユムに言わせると、大きな猫と農業アルバイトらしいぞ」

師匠たちの代表として付いてきた、ランカスをはじめとした10名とアンソニーが警戒を緩める。

アユムの様子を見ればそうなる。

「皆さん、紹介しますね。まずこちらが15階層の家主でアームさんです」

「にゃあ！　（そしてアユムの保護者だ！　よろしくね）」

３ｍの巨大な赤い豹が片手を上げて可愛いアピール。にゃあと言った瞬間に大きな口の大きな牙が垣間見える。……それで可愛いと感じるのはアユムだけだよ？

「そしてこちらが、30階層の大地主、権兵衛さん」

「ボウ（ご紹介にあずかった権兵衛と言う。まあ、よろしくだ……）」

「照れ屋さんです♪」

それを照れてると感じるのはアユムだけ……。

「そうか、儂らはアユムの師匠ランカスとその他じゃ。この度はアユムを助けてくれてありがとう……」

ランカスが代表して挨拶をすると、まぁ当然こうなる。

「おう、じじい。その他でまとめてんじゃねーよ」

陶芸家のシュッツが吠える。ランカスと仲がいいシュッツだが、そのコミュニケーション方法はもっぱら喧嘩である。子どもか！

「ああ？　文句あるのか？　剣（笑）の名手シュッツよ」

「ほう。棒でチクチクするしか能のない槍の名手ランカスよ、言うではないか……」

爺様同士の喧嘩が始まる。

「がう（何この人たち、怖い）」

「ボウ（35階層の暗黒竜より気性が激しいぞ。アユムは凄い世界で生きていたのだな）」

何一つ否定ができないアユムであった。

「でも、師匠たちみんないい人たちだよ。僕の自慢の師匠だから♪」

大人なアユムに、大人気ない２人は仕方なしと矛を収める。

そして、ランカスをはじめとして自己紹介が始まる。

いずれもレベルにして１００を超す猛者。しかも技量は達人の域に到達している。

それが10名いる。何があっても２匹に後れは取らない。

言い知れぬ緊張感と探り合う空気が流れるなか……。

「アームさん。権兵衛さん。お土産はお芋だよ！」

荷物から芋を取り出し笑顔のアユム。

ブレイクされた空気は帰ってこない。

アームさんたちは諦めて15階層に移動することになった。

「がう（アユム、乗っていきなよ）」

「えー、悪いですよー」

アユムは嬉しい半面、申し訳ないと手を振る。

「がうがう（問題ない！　乗ってみ！）」

アームさんは自信満々で勧める。

「じゃあ、ちょっとだけ……」

「が――う？　ぐえ（いっくぞー！　……ぐえ、おも！）」

伏せたアームさんの背に乗るアユム。

軽々とアユムを乗せて他の奴らを置き去りにしようとしたアームさんだったが、立ち上がった瞬間、異常な重さを感じてつぶれる。

「アユム！　加重装備したままだろ？　乗ったら怪我させてしまうぞ！」

シュッツ師匠が叫んだが、時すでに遅し。アームさんのプライドと腰は砕かれてしまった。

ん？　そっちかい！　って？　そうだよ？　修行と言えば過負荷トレーニング！　重力何倍！の装備を身に着ける！　にならなかっただけでも師匠たちは自重したのだよ。

ちなみに同時に本格修行を始めたアンソニーは、10分でギブアップして何も着けていない。繰り返す。10分で泣いちゃったんだよ巨人の彼（笑）。

「がう（だめだ。世界の声、何かストレスを抱えているのかおかしくなっている）」

「ボウ（今度上司の軽い男に伝えておこうか……心配になってきた）」

やめて！　あの男、確実に面白がる！

絶対妙な呪いとかかけてくる！

まって、創造神には、創造神には伝えないで――――！

☆☆☆

6階層で無事アユムと合流した一行は15階層へ進む。

一行は傷心の世界の声の事など気にも留めず、無事、何事もなく15階層に到着したのだった。

「これは……魔法力循環不順ですね……」

「ボウ（ほう、魔法力を込めるだけではいかんのか……ふむふむ）」

アユムがトウモロコシに手を当てると、色が褪せていた幹に艶やかな緑色が戻る。アユムが発見したことだが、ダンジョン内部の濃い魔法力を養分として植物内に循環させると作物の元気がよく、そして甘く出来上がる。

「自分の魔法力は添えるだけです」

「ボウ（添える？　送り込むんじゃないのか？）」

「ええ、外にいっぱいある力の流れを取り込む感じです。そっと添えてあげると5日ぐらいは自分で取り込んでくれますので……」

「ボウ（さすが、アユム）」

褒められて照れるアユム。権兵衛さんとアユムが農業指導していた時、師匠たちは何をしていたかと言うと……。

「おい、トイレに扉付けてるから手伝ってくれ」

「調味料運ぶの手伝ってくれー」

「冷凍保存庫作るからランカス、穴掘ってくれ」

「儂の槍は穴掘り用じゃないんだがな……」

「手空いてるやつ狩りに行くぞー」

「おー！」

各自自由時間のようです。

……あれ？　家建ってない？　石造りの……あれ？　壁が削れまくってない？　その辺りどうなんでしょう家主《アームさん》。

「がぅ……（人間コワイ……見てない見てない。僕そっち側見たことない）」

駄ネコはそれだけ言うとアユムの方へ逃げていった。

「石材を切り出したところが不格好じゃのう……彫るか……」

自由人は行動を開始する。

「ボウ！（甘みが増した！）」

「でしょ？」

「がう♪（1本おくれ♪）」

そして半日が経過する。このダンジョンだが、外部の時間に合わせて明るさが変わる。今は丁度夜である。師匠たちが持ち込んだ魔法道具で明かりをつけ、夜ご飯の時間である。

「俺の料理を喰いな！」

師匠の1人。元双剣使いの料理人ハインバルグが吠える。

並べられたのは各自にスープと大皿でピザだ。

小麦とチーズはどうしたのか！

普段は小麦に代えて甘みが低いトウモロコシを粉にして代用している。だが、今回は師匠の荷物から持ち出しである。

チーズも……輸入した。つまり、持ってきた荷車に積んでいた荷物の中にチーズが鎮座しておりました。こだわりだそうです。

「あ、その前に……」

アユムはピザの大皿の隣に、焼きトウモロコシを積んでゆく。そして師匠たちにリッカジュースを配る。

アユムは笑顔。師匠たちは苦笑いである。

師匠たちはダンジョン作物の不味さを知っている『強者』だけに、手を出しづらい。だが、可愛い弟子であるアユムが期待の眼差しを向けている。

誰かが決心したように生唾を飲み込んだ。だが誰の手も動かない。

「がう？（あれ？　食べないの？　じゃ、ください！　もう全部いける意気込み!!）」

ピザを食べ、その後トウモロコシを芯ごと食べていたアームさんは目ざとい。何せ配られた焼きトウモロコシは1本なのだ。今もそれを大事にキープしている。

「がう（アツアツで食べたいけど、なくなるのも寂しい！）」

「ボウ（美味いものは美味いときに食べるのが礼儀だ）」

涎を垂らしながら、『**要らないならくれ！**』とアピールするアームさんに押されるように、ランカスが意を決してトウモロコシにかぶりつく。

目をつむって『ええい、ままよ！』と口を開いて食べる。

ランカスの咀嚼音だけがフロアに響き、師匠たちはランカスの表情に注目する。

初めは眉を寄せて味わうが、やがて思ってもいない味わいに眼を開き、眉間のしわが消える。そして周りを見回して、また眉間にしわを作り食べる。本人は気付いていないが、最後の方は食べるペースが速くなっている。

「「「この爺！　『まずい』と思わせて独占する気だ！！！」」」

すぐにばれる演技でした。それがわかると、師匠たちは我先にとトウモロコシとリッカジュース、そして後から運ばれてきたムフルの実で作られたタレを十分に染み込ませた肉にかぶりつき……。

「「「うまい！！！！」」」

ゆっくりとアユムはガッツポーズ。

「がう（ああ！　残ると思ったのに……）」

「ボウ（もう冷えてきたぞ？　喰わんなら貰うぞ？）」

「がう（食べる！　これは俺んだ！　取ったら戦争だぞ！）」

アユムも席についてピザを堪能する。うまいなぁと思いながら、何かを忘れている気がしていた。

「ボッ（ばんわーっす。アユムん帰宅したと聞いて！）」

アユムは討伐されかけたワームさんを救出した。

「がう・ボウ・ボッ（人間コワイ！）」

……師匠たち、いったい何しに来たんでしょうね……。

「ボッ（俺だけ世間の風当たりが強いっす。虫差別反対!!）」

虫だけに無視……ブブブッ。

「ボッ（あ、ダンマスっすか？　神様にコネとかありませんかね？　ええ、コンプライアンスとか世界の声に……ええ、ある。ほうほう……）」

ワーム先生、ちょっとだけお話が……。

あれ？　なんで距離とるの？

「ボッ（虫世界でモテなくなりそうなんで、無理っす！）」

……世知辛い世の中である。

☆☆☆

夜。ダンジョンご飯に舌鼓を打った後、修行（夜間の部）が始まる。

「せや！」

気迫のこもった声が闇夜に響く。

「くっ」

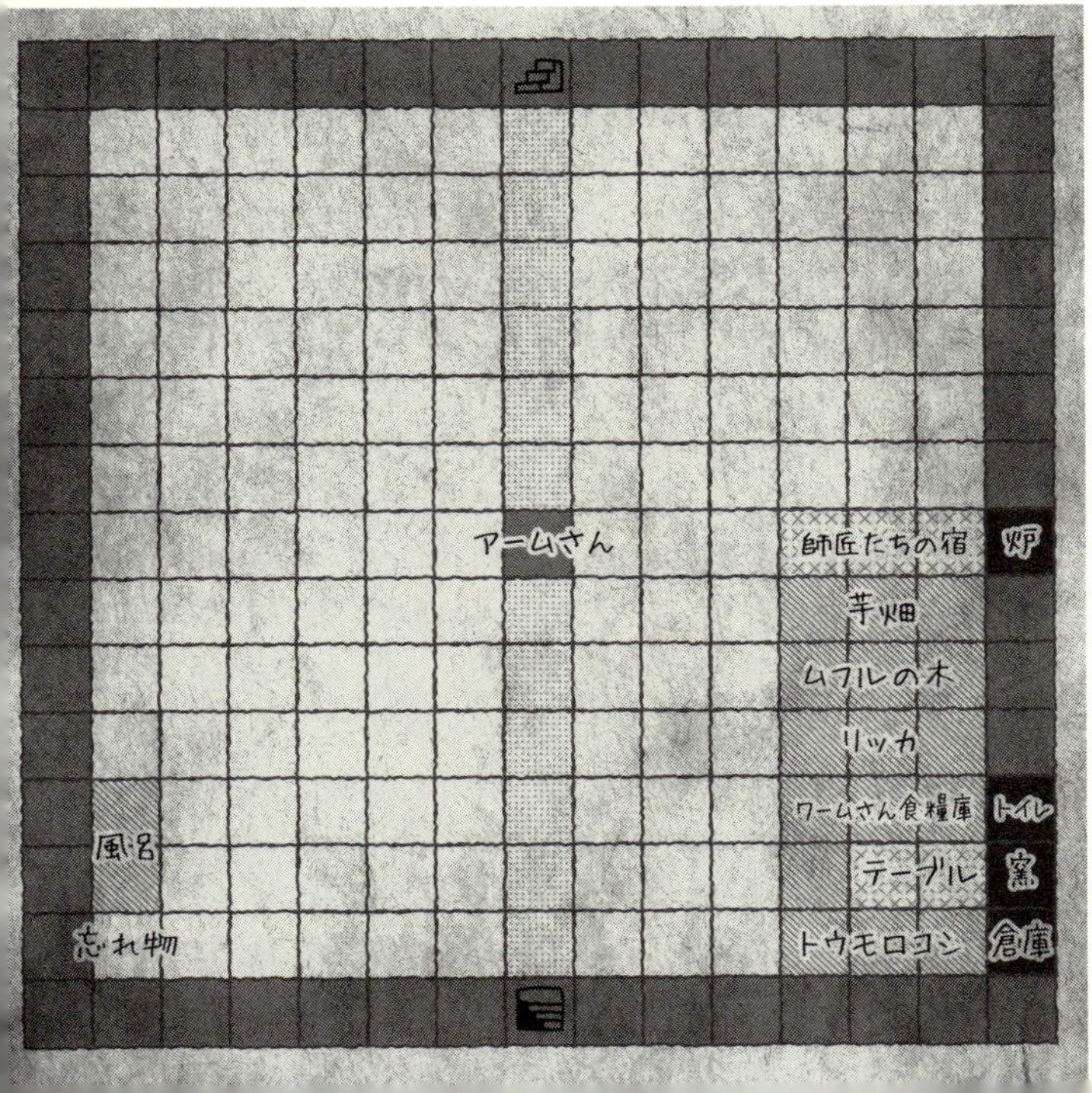

鈍器と鈍器がぶつかり合うような鈍い音と、アユムのうめき声が聞こえる。

「がう（人間って夜目利いたっけ？）」

「ボウ（いや。というか目で追えん……）」

高速移動でアユムを翻弄する師匠。医療術師のリンカー。普段は静かな男だが、戦闘中は饒舌《じょうぜつ》に語る。

「アユムよ。考えたうえで感じるのだ」

「はい！」

その後、繰り返しのように鈍い音が響く。

「あらゆる状況を想定し、すべての情報を入れよ」

「はい！」

回し蹴りをかわし切れず、クロスした腕の上から蹴り飛ばされるアユム。

「判断は思考にゆだねず、反射で行え」

「はい！」

追撃をかわすとダンジョンの壁が砕け散る。拳は当たっていないはずなのに……。

「その為にも情報を蓄積し思考を重ねよ。いずれ、思考なしで体が動く」

「はい！」

マシンガンのように放たれる突きのラッシュをかわし続けるアユム。そして飛び散る壁。

「がう（……壁が豆腐みたいに砕けているよ？　僕、夢を見ているのかな??）」

「ボウ（……うむ俺も同じ夢を見ているようだ。悪夢だな）」

「ボッ（……夢……。ここを生きて帰れたら……俺っちあの子に告白するんだ……）」

「がう・ボウ（変なフラグ立てるのやめて！　それとばっちり来るフラグ!!）」

はい、普通の反応でした。

ていうか、師匠容赦ないな……。

「リンカーの奴、アユムに甘いな……」

「仕方あるまい。アヤツ、子ども好きじゃて」

「ふむ、通常なら音などたてないし声などださんし、さらに言えばアユムに感づかれる速度で動かんからな」

「「「まったく、甘くて困る……」」」

ダンジョンマスター逃げて！　ここに危ない人たちが10人もいます！

翌日、壁がきれいに拡張され、代わりに建物が増えました。

「がう（入り口に獅子をモチーフにした門柱ができている……あれ？　我が家どうなっちゃうの……）」

「アームさーん。おいも食べるよー」

「がう（今推参いたす！　芋は我にあり!!）」

平和なのかそうじゃないのか……どっちなのでしょうね。ダンジョンマスターさん。

ダンジョンマスターからの手紙

『拝啓
花の盛りもいつしか過ぎて、行く春を惜しむ季節となりました。お元気でいらっしゃいますか。
皆様のご助力のおかげで、この度新規ダンジョンを立ち上げリスク分散することとなりました。
そちらのダンジョンコアが壊されても私は消滅することはございません。
しかしながら、そちらのダンジョン内で進行されている状況はまさに革命的にございます。
つきましては、世界の声様にはお手数かと存じますがそのまま状況維持にご助力いただければ幸いと存じます。
尚、神様会議での決定事項ですので拒否権なんか欠片《かけら》もないよ？(´_ゝ`)
例によって、君、もしくは君のメンバーが捕えられ、あるいは殺されても、当局は一切関知しないからそのつもりで。なおこの手紙は自動的に消滅する。成功を祈る（爆）』
（爆）ってなんだよ！　拒否権ぐらいくれよ!!　てか世界の声殺せる人いるって事……ええ――――！　安全圏から好き勝手言えるのがこの仕事の美味しいところじゃん!!　よし態度を改めて

やる!!

ダンジョンマスターからの手紙2

『態度があからさまに変わったら……、神様がお仕置きに直行するようです。どんな神様がいいですか？　神様はサディストぞろいですよ？（笑）

例によって、君、もしくは君のメンバーが捕えられ、あるいは殺されても、当局は一切関知しないからそのつもりで。なおこの手紙は自動的に消滅する。成功を祈る（爆）』

……ええっと。頑張れ俺……（ぼそ）

・

・・

・・

アユムが修行に励んでいた頃、護衛でコムエンドから交易都市エリエフッドに到着したアユムの元パーティーメンバーを見てみよう。

ドシャ

イットは地面に放られた革袋を見て、苦々しく思い下唇をかむ。

革袋の中には今回の報酬が入っている。落下した際に金属音がしたので間違いないだろう。

「ちょっと！　ちゃんと渡しなさいよ！　それでも大人なの!!」

リムが食って掛かるも相手の冒険者は何食わぬ顔で笑っている。

「いや、すまんすまん。手が滑っただけじゃねーか。気にせず拾えよ。仲間殺し共」

周りの大人が彼ら5人を見る目は冷たい。今回の依頼主も、一緒に護衛した先輩冒険者も。

「アユムを殺しておいて偉そうに……」

依頼主の息子13歳が、荷下ろしをしながらリムを見て呟く。そのつぶやきは交易都市中心部の喧騒にあっても十分に通る声だった。

「な！　あれはしょうがなく!!」

「6階層以降で警告して吠える魔物は、撤退まで待ってくれる。ダンジョンに入る際に冒険者組合で教えられる常識だよな……」

反論しようとしたリムの口を軽戦士セルがふさぐ。

「すまなかった。拾うさ。冒険者にとって報酬は欠かせないからな」

セルは愛想笑いを浮かべながら革袋を拾い、イットに手渡す。

ここは目立ちすぎる。いさかいを起こせばコムエンドでの悪評が、ここエリエフッドでも流れてしまう。冒険者は命を懸ける仕事。そういった情報には耳が早い。特に味方殺しはご法度だ。噂に上っただけでも、その街でまともに仕事できると考えない方が良い。

「……まってくれ。額が少ないぞ……」

革袋の中身を確認したイットが声を詰まらせながら言う。

「契約であったよな？　成果報酬だから成果出せて満額だと。この旅でお前らの活躍はなかった。寧《むし》ろ食事代と馬車代を請求されなかっただけよかったと思ってくれ」

「貴方たちはどうなのよ！」

セルを振りほどき、リムが吠える。

「俺たちは襲ってきた夜盗1組。野良モンスター10体……。お前らは確か……夜盗1人だけだったか？　そんなの一般人でもこなせら」

爆笑されるも先輩冒険者の眼は笑っていなかった。

「仁義通せないのであれば冒険者なぞするな。英雄《ヒーロー》ごっこでやられると迷惑なんだよ。あとアユムを置き去りにした奴らと、一緒に仕事してやった俺たちは我慢強い方だぞ？　他の奴らなら、あの世への片道切符だったろうよ……」

ダンジョンから帰還してからここまで、先輩冒険者たちにとって『アユム』の存在がどういうものであったか、痛いほど思い知らされたイットたちだが、更に考えを改めさせられた。そこまでとは考えていなかったのだ。

「……私たちだって苦渋の……」

「あ？」

小柄な魔法使いタナスが伏し目がちに口を開く。だが、最後まで言わせてもらえるはずがない。それは自業自得だ。彼らの判断ミス。彼らの知識不足。彼らの相互理解不足が招いたことなのだから。


結局、プレッシャーに耐えられず彼らはすごすごと宿に逃げて帰った。

「そもそも！」

女性部屋として与えられた一室で、タナスがリムに詰め寄る。

それは今まで言えなかったことだ。

自分もアユムを置き去りにしたという罪悪感で言えなかったことだ。

だが、今日のような事が今後も続くと思うと言わざるを得ない。

「なんでアユムを撃ったのさ！　そんなことする必要性があったの？　なんなのあんた？」

普段大人しい黒髪黒目の少女が、思い余って目に涙を浮かべながら懸命に叫ぶ。

「あの時は最良の判断だと思ったのよ。貴女たちだってそうでしょ？　逃げるために生贄《いけにえ》が必要だって。『皆一緒に死ぬより誰かを置いていけば』って思ったんでしょ？」

リムの冷静な反論に、タナスは言葉を詰まらせた。確かに撤退戦をするにしても誰かが殿《しんがり》を務める。自ら進んで前に出たアユムはきっと殿を務めただろう。あの時はアユムを含め誰もあのモンスターの遠吠えが警告だなどと考えもしなかったのだ。

「でも、あんたアユムを弟みたいに思ってたんでしょ？　なんでそんなことできたの？」

知識不足は全員の責任だが、感情として弟を犠牲にする考えが理解できない、とタナスは憤懣《ふんまん》を漏らす。

「あら？　弟が姉に全てを差し出すのに何の問題があるの？」

当然とばかりにほほ笑むリムを見て、タナスは眩暈がした。

そしてタナスはもうこの場に居たくなかった。衝動的に殴ってしまいそうだ。

「どこ行くの？」

「ちょっとお酒飲んでくる……」

「そう、ほどほどにね」

タナスはとにかく頭を冷やしたくて足早に部屋を出ていった。

そして、安宿ゆえにか薄い壁越しに全てを聞いていた男たちも立ち上がる。

「俺たちはタナスが気になるから追うよ。イットはここにいてくれ。何かあったら連絡する」

サムとセルが足早に出てゆくのを確認して、イットはベッドに腰を下ろす。

そしてアユムから贈られた、魔石が埋め込まれた木彫りのブレスレットを撫でる。さみしそうに。

イットは悲しみに暮れていた。だから隣の部屋の声が耳に入らなかった。

「イットに色目を使うから……自業自得なのよ……」

悪魔の声が耳に入らず、彼らは運命の日を迎える。

5話「勇者と聖女と悪魔の企み」

「残念ながら貴方たちにご紹介できる案件はございません」

冒険者組合の受付嬢から突き付けられた言葉に、啞然とするイットとパーティーメンバー。

「なんでよ！」

最近、食って掛かるのは決まってリムだ。

「領主様からあなた方5人に対して冒険者殺害の嫌疑がかかっております」

リム以外の4人は血が引くような寒気に襲われる。なぜ領主がという思いがあるが、それよりも領主に目をつけられては生きてゆけない。この地では領主こそ法なのだ。

「正直申し上げますと、冒険者組合といたしましては冒険者が犯罪者というのは、外聞的に悪うございますので……できれば……」

できれば辞めてほしい。

言外に『今まで世話をしたのに犯罪とは……貴方たちは冒険者ではない、そうやって捕まっていただけないか』と言われている。

「……わか「ふざけないで！　何もしてないのに咎められるとか証拠はあるのでしょうね！」」

イットが承服しようとしたところで、リムがかぶせるように否定する。

「そうですか。では領主命により冒険者免許停止中になります。嫌疑が晴れましたら、またお越しください」

受付嬢は満面の笑みでイットたちに言葉を突きつけ、そこで彼らを切り捨てた。

冒険者組合は今日も繁盛している。人が行きかうこの都市は、多くの護衛依頼をする者と受ける冒険者であふれていた。行きかう人々、冒険者組合のカウンターはいつも人でいっぱいだ。

そのカウンターを除いてだが……。

彼らはその異様さに気付かぬまま脱力し、冒険者組合を出ていった。

イット、タナス、サム、セルのアユム置き去りに関して罪悪感を感じていた面々は、どこをどう歩いたが覚えていない状態でエリエフッドの街を歩く。

空は透き通るように高い青空。吹き渡る風は初夏の爽やかな風である。

散歩するには非常に良い日だ。

「イット、どこに向かっているの？」

街を出ることはできない。領主による嫌疑がかけられたのだ。脱出手段などない。

生活するにも金が残り少ない。冒険者として活動できないので、あと10日分の蓄えしかない。

路頭に迷った人間が行くところは1つである。

「神殿に行こうと思う」

イットが決意をはらんだ眼で言う。先ほどのショックから、ようやく戻ってきたようだ。

「神殿か……一時しのぎの仕事を斡旋してもらって、嫌疑が晴れるのを待つしかないな……」

普段冷静な魔法剣士のサムが、イットに続いてショックから目を覚ます。

「ああ、ついていくさ……」

逆境に強いはずであった軽業師のセルは戻ってこない。彼の夢はダンジョン攻略であった。

最下層にたどり着くと、ダンジョンマスターから褒美とそのダンジョンの入り口に名を刻まれる名誉が与えられる。

セルの地元もダンジョン都市だった。だから子どもの頃からダンジョンを踏破した英雄たちに憧れた。英雄の後日譚にも胸が躍った。だから大好きな英雄が生まれた地コムエンドに来た。

だが、今その夢が潰《つい》える。嫌疑が晴れたとしても依頼は受けられないだろう。モンスター討伐さえさせてくれないだろう。国が管理するダンジョンなど入れてもくれないだろう。その他のダンジョンは危険指定されたダンジョンだ。今の実力で挑むのは無謀もいいところだ。

「……」

タナスは静かにうなずくだけだ。

「あなたがイット様ですね」

神殿の門をくぐると、そこで待ち構えていた若い女性神官に手を取られる。

その時彼女のはじけるような笑顔が、暗く沈んだ一行にとって、沈んでいた気分を救い上げる女神のほほ笑みのように見えた。

「お待ちしておりました勇者様、聖女様、そしてそのお仲間のみな様！　僕はアルフノール。早速こちらへ！」

あれよあれよと奥の間に連れてゆかれる一行。

「さぁ。この剣を抜いてください」

言われるがまま、石の台座に深く刺さった剣を抜き放つイット。

詰めかけた神官から巻き起こる歓声。

調子に乗って剣を掲げると、その剣は金色に輝く。

「さぁ、聖女様はこちらの指輪を！」

背中を押されてリムも指輪をはめると、こちらは白銀の光を放つ。

「ああ、さすが神託の勇者様と聖女様！　ぜひ我らをお救いください」

アルフノールを筆頭に、神官たちは涙を流しながら2人に祈りをささげる。

こうして犯罪容疑者が半日で英雄候補に変わった。そんな日だった。

☆☆☆

はい、やってきました。今日のＭＶＰインタビューコーナー！

ゲストは悪魔ちゃん！


どんどん、ぱふぱふ！


お疲れさまでした。

「いやー、チョロかったです！　聖剣の適合者があんなチョロイとは！　ちょっと情報操作しただけで騙されてくれました！　普通、犯罪者認定されたら門で捕まるっていうのにね（爆笑）」

見事なお手並みでした。

「あはは、僕たち神様の部下ですからね。なれたもんですよ」

今回の聖剣使い、いかがでしょう？

「いや～、そこなんですよね。あの子ら弱すぎて話にならないんですよ」

弱いですか？

「これから鍛えますよ！　きっと強くなります。ならなかったら他の適合者を探しますよ。近くに

2～3人いますからね（笑）」

ちなみにあの聖女って本当ですか？

「親は本物でしたね。親は。娘はどうなんでしょうか。わかりません（爆笑）」

目的達成できますか？

「これ以上あの女にでかい顔されたくないですからね。最悪あの子をこっちに拉致できれば……ですからね。聖剣を囮にしてでも達成しますよ」

なるほど、今後のご活躍期待しております。

「任せてください！　みんな！　今後、僕の活躍に期待してね♪」

以上、僕っ娘《こ》神官さん　兼　冒険者組合受付のお姉さんでした～。

「まったね～」

6話「筋肉との遭遇」

「じゃあ、また行ってきます！」

あれから1週間。

劇的ビフォーアフター的な15階層の改装工事がいち段落。

アユムが地上に一時帰還する日を迎えた。

「がう（えー、師匠たちが行き来すればいいじゃん。アユムこっちに居ようよ）」

「ボウ（1週間ずつ往復すると決めたばかりではないか……）」

物わかりのいい権兵衛さんとは違い、駄ネコは相変わらずである。

「がぅ？（師匠いなければあの地獄の特訓もないよ♪　ゆったりまったり農家ライフ保証だよ？）」

「うーん、すごい魅力的だけど……ハインバルグ師匠がね、料理は魔法力だ！　って言うんだよ」

アユムの言葉の意味がわからない。モンスター一同は呆然としている。

「おう、猫。戦闘は火力。料理は魔法力だ。アユ坊には根本的に魔法の知識が足りん。身体強化すらできん。危険で料理が仕込めないいじゃないか！　猫よ、これも美味いものを食べるためには必要なことだ。理解しろ……」

「がう！（うっす！　ハインバルグ師匠が言うならその通りっす！）」

気付いていると思うが、モンスター言語を理解できるのはアユムだけである。ではこの２人何故通じ合っているかというと。

「がう～（師匠。また来てね♪）」

「猫よ、期待するがいい！」

料理にかける情熱？で通じ合ってます。食欲と創作意欲で若干すれ違ってるけどね。

「がう、がっう～♪（獅子は我が子をそっと千尋《せんじん》みたいな谷にポイ捨てして楽しむという。アユム立派になって美味しい料理たのしませてね♪）」

「うん！　頑張って料理の為に魔法覚えてくるよ！」

そう言った師匠たちとアユムは階段を駆け上がってゆく。

「がう（あの重い服でよく走れるなぁ……）」

「ボウ（あれが人間の言う、努力と根性というやつらしいぞ）」

「がう（努力……根性……それよりもご飯！）」

尻尾全開の駄ネコと、あきれがちの子ブタを置いて、舞台は再び地上に戻る。

☆☆☆

「ハイ吸って吸って吸って吸って！」

豪華な飾りつけをされた一室で、スキンヘッドで筋骨隆々の大男が胸筋を膨らませながら、アユムに指導していた。果たして何の指導だ？　筋肉か？　筋肉なのか？　アユムは魔法を習いに来たのではないのか？

「はい、そこで止めてー。そして感じてー。そう筋肉を（キラッ）」

白い歯が輝く、そして中年スキンヘッドは無暗《むやみ》に筋肉を盛り上げさせる。

やめてください。うちの主人公を筋肉ダルマにしないで！　成長期に無駄な筋肉付けすぎると背が伸びないよ？

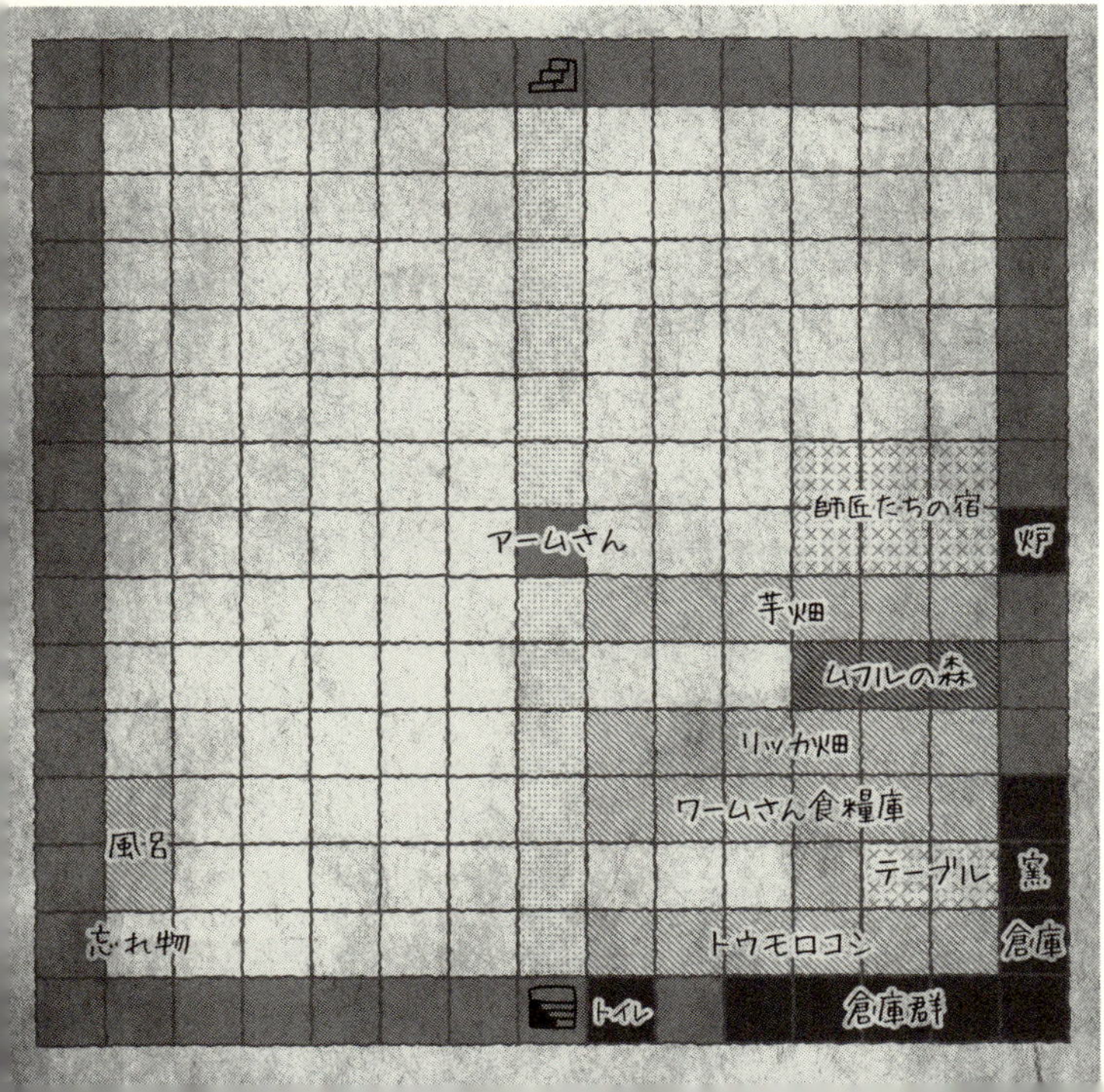

「…………くっは、ギュントル師匠！　筋肉が感じられません！」

「この馬鹿野郎！」

筋肉の塊（禿）がビンタを振りぬく。少女漫画の乙女のように吹き飛ばされるアユム。

「お前は筋肉への愛が足りないのだ！　そんなことで一流の魔法使いになれると思うなよ！」

「でもわからないんです！」

珍しくアユムがネガティブである。いや、ネガティブにもなるよねこれだと。

「あ、組合長またやってるー」

「貴様も筋肉が足らん！　それでは立派な魔法使いになれんぞ！」

はい、という事でギュントルさんは、魔法組合の組合長さんでアユムの肉屋の師匠です。

「肉はいいぞ。食肉であれば赤身も良いが、サシの入った霜降りも良い」

肉を想像して恍惚の表情である。変態さんです。

「はいはい。アユム君。基本魔法の教本これね。このあと属性調査するけどいいかな？」

「チカリさん、ありがとうございます。調査お願いします！」

「まて、アユムと私は筋肉についてこの後、語らう予定なのだ！　師弟の絆に無粋な水を差すでない」

ふふんと自慢げに言うギュントルの眼は暗に『アユムと一緒でうらやましかろう』と語っている。

そしてチカリもそれを正確に読み取る。

「組合長♪」

チカリの笑顔。そして最小の動きで投げ飛ばされるギュントル。

「見事だ。それで筋肉がついて、背が高ければ理想の女なのだがな」

「そんな気持ち悪いのやだ！」

即座に反論する赤髪ショートカットの活発系乙女（16歳）チカリさん。

「そもそも髪だって伸ばしたいのに、うちの馬鹿親父と組合長のせいで！」

「それはすまぬ！　だがお前の格闘センスが勿体なくてな」

チカリさんの額に青筋追加注文はいりました！

「ふむ、本当に背がもう少し高ければ……」

恋に恋する乙女（135cmAAAカップ）チカリは、今のアユムでは目ですら追えない速度でギュントルに接近して閃光のような速さのラッシュを見舞う。

とどめの蹴りで魔法組合の壁のオブジェと化したギュントル。

ふしゅううう、と蒸気機関車のような恐ろしい息を吐き出したチカリに、声を掛けづらいアユム。

「はい、じゃあ別室で測定するよー」

「アユム。先ほどの呼吸法、忘れるなよ。それこそ魔道の基礎にして極意」

オブジェがしゃべった。

「はい、ギュントル師匠。明日もよろしくお願いいたします！」

「うむ（がくっ）」

「あー、組合長寝るなら仕事してくださいね。いっつも午前中本業してるとかで留守にしてるんだから仕事溜まってますよ～。戻ってくるまでに終わってなかったら……」

オブジェが再起動しました。

アユムは黙って魔法組合の覇王に従い別室に向かう。

説明しよう。ここは魔法使いを束ね、相互扶助を目的とした組合である。国内の他の都市からは『知恵の牙城』と呼ばれるほど魔法レベルは高く、新しい取り組みを次々に生み出す国内最先端の魔法研究機関でもある。

嘘じゃないよ。

「はい。アユム君、手を出して～」

アユムは自分より小さなチカリにドキドキしていた。

決して恋愛的なドキドキではなく、恐怖のドキドキである。

（もう、アユム君たら緊張しちゃって♪　お姉さんが優しくしてあげようかな～♡）

重要なので二度言おう。恐怖のドキドキである。

頑張れアユム！　そこで魔法が学べるか全くわからないが、とりあえず生き延びれば何とかなるさ！

☆☆☆

魔法ってなんだ！　～基礎編～

ざっくりこんな感じです！

《ｓｔｅｐ1》

・エネルギーを使おう！

魔法行使の為のエネルギーは外部ＯＲ内部魔法力（もしくは魔力）を利用します。尚、外部魔法力は超上級者向けなのでほぼ無理です。人体には魔法力生成機能があります。これは食物からの吸収転換機能です。異世界人はこれがないので使えません。

《ｓｔｅｐ2》

・事象として発現させよう！

魔法回路と呼ばれる、本人の資質によって変わる回路に魔法を書き込みます（書き込んだ後、反復して体と精神に定着させる必要があります）。魔法はこの回路を介して魔法力を世界への干渉力として発現させます。熟練度によって効率や速度が変わります。

《ｓｔｅｐ３》

・使った後はリサイクル。

魔法発現後その事象はやがて世界を循環して『きれいな魔法力』になります。モンスターを生み出すのは準知的生命体である人類が汚染してしまっている『汚い魔法力（精神）』のせいでもありますので、バンバン魔法を使って奇麗な魔法力の循環型社会を目指しましょう♪

さぁ、あなたもＬｅｔ's魔法！

☆☆☆

「僕、魔法がわからないです……」

冒険者組合の酒場で、ミルク片手にアユムが落ち込んでいる。小刻みに左右に揺れる木のジョッキが、アユムにしては珍しく苛立ちを表している。

そこにそっと皿が置かれる。

「あちらのお客様からです……」

ステーキだった。酒場でステーキだった。ほっかほかの焼きたてである。

アユムはあちらと示された方を見ると、ギュントルが酒場の入り口に立っていた。アユムに背中を向け今まさに出ていこうとしている。

「師匠！」

「……筋肉……。付けろよ……」

振り返ってサムズアップの筋肉（禿）。そしてゆっくりと去ってゆく……。

なにこれ？　いい場面なの？　どうなの??

「師匠、僕頑張ります……」

そしてアユムはステーキにかぶりつく。濃厚な牛の味がした。牛ステーキだった。

マスターがそっとパンを置く。心憎いサービスだ。

翌日、アユムは朝一番に魔法組合を訪れ、チカリに教えを乞う事にした。賢い方法だ。

「ぐっと持ち上げて、ぎゅるんと回して、パッと出す。これで魔法が使えるはずよ」

赤毛ショートカットの見た目ロリ（16歳）のチカリさんが笑顔で言う。

ああ、こいつも脳筋。しかも天才型だ。

「えっと、それが土魔法ですか」

「ええ、でね。火魔法は……」

チカリに後ろに回られて抱きつかれる。

「ここ、おへその辺りから力が出て、この背中に抜け出すように力を動かすの♪」

（アユム、あててんのよ♡）

（チカリさん。当たってません。遺憾ながら。……どちらかと言うとお腹が当たってます）

チカリさんは幼児体型である。繰り返す……事はしません。はい。自分大事です。

「では、水魔法は……」

チカリさんのセクハラ行為は続く！　魔法組合、碌《ろく》な人材が居ない!!

その後しばらく座学?が続く。

さて、アユムが勉強しているうちに、昨日測定したアユムの属性について語っておこう。

アユムの属性だが、やはりと言っていいが【土】だった。

思えば相性の良い奥義も必殺技も土属性が多かった。

何よりアユムは農家である。土いじりはなじみの作業だった。

そして1番の師匠ランカスの手によって、基本の土魔法より先に応用発展分野である岩石魔法を覚えさせられていたことも手伝い、土魔法の習得が早いようだった。

座学が終わり場所を組合の裏庭に移し、チカリとアユムは対峙していた。ここはいわゆる魔法実験場である。

「とりあえず、今の魔法を見るわ、土、風、火、水の順番でボール系を撃ってみて」

「え？　当たっちゃいますよ？」

「大丈夫よ。相殺するから」

カラカラと笑いながら言うチカリに、少しむっとしてしまうアユム。

アユムは理解していない。

何故チカリが組合長ギュントルと接する立場にいるのか。

何故気軽に組合長ギュントルを殴り倒せるのか。

つまり、魔法という1点だけ見ても、チカリはアユムのはるか前を進む達人に近い域にいる。そういう事であった。

なのでチカリはアユムに才能があろうがなかろうが、昨日今日で本格的に修行を始めたばかりの人間に魔法で後れを取ったりしない。

「サンドボール！」

「はい、サンドボール」

圧縮された砂の塊がぶつかり合い、アユムが放った球が砕け散る。チカリの球は健在でその場にとどまり、チカリが指を鳴らすと消える。

「次♪」

「はい！　ウィンドボール」

「ウィンドボール」

圧縮空気弾は先ほどの砂の球と同じ末路をたどる。

「次♪」

「はい！　ファイヤーボール」

「ファイヤー」

アユムの火球はチカリの、本来たき火やかまどの火をつける着火用の、魔法で吹き消される。

「次♪」

「はい……。ウォーターボール……すみません。出ませんでした……」

「……いいよ♪　もう1回」

アユムの苦手属性は水である。それもそうだ。これまで鍛冶場の水とか掃除用の水、畑の水やり用の水。あとは飲み水しか作ってこなかったのだ。いきなり攻撃用の圧縮水弾を作れと言われても無理だろう。

「ウォーターボール」

「……ふん」

アユムが放ったこぶし大の水弾は、チカリの手によって握りつぶされた。

チカリは高速で飛来したはずの魔法を素手で握りつぶす。素人であるアユムには理解できなかっただろうが、動体視力や反射だけで語れる技術ではない。魔法操作。主に魔法力を自然界に放出しながら、現出した法則性を読み解き解除する。極めて高度な技術を披露していた。

「アユム。筋肉と向き合いなさい」

筋肉魔法理論だ。

「魔法放つときに昨日組合長に教わったことを意識しなさい。じゃあもう一度」

腑に落ちないアユムだった。だが、それでも共感はできる。きっとこれは個人の感性や感覚によって、とらえ方が違うものなのだ。だから、自分なりのやり方を見つけなければならない。これまでの師匠たちとの修行で体が自然とチカリが言わんとしたことを理解した。

「サンドボール！」

アユムが放った一撃にチカリは目を見張った。そして褒め称えるように右手に魔法を宿し迎撃する。

（この子、既に理解しかけている……面白いわ。皆これにはまっているのね……でもちょっと悔しい）

「次」

「はい！　ウィンドボール」

「ウィンドボール」

簡単に押しつぶされる魔法。だがアユムに先ほどまでの無力感はない。少し進んだのだ。なんとなくだが理解できた。それが、アユムに無限の推進力を与える。

それでも……。

魔法発動はチカリの400倍時間がかかり、威力については比べ物にならず、魔法効率に至っては1000倍効率が悪い。

だが、その間を1／10000でも1／100000でも着実にアユムは差を埋める。あるときは苦手属性で戻っているように見えるが、繰り返すことで進歩する。

(これが追われる者の恐怖……。組合長。これは私に対しての刺激ですね。うふふふ。これは本当に恐ろしい。そして、同時にこれはとても楽しい♪　追う立場から追われる立場に変わる。なるほど刺激的ね……。いいでしょう。乗せられてやりますよ。でも覚えておいてください。その結果、私があなたを抜くかもしれないことを……。これでも花も恥じらう16歳。まだまだ成長期！　きっと背も胸も魔法技術も成長しますよ!!)

「サンドボール！」

「サンドボール！　……て、ああ、ごめん。威力付けすぎた！　アユムー！　アユムー！　やっぱ、起き上がらない！　回復魔法、えっと回復魔法！」

師匠！　ギュントル師匠！　あなたの一石二鳥作戦失敗してる気がするよ!!

アユムのチカリ恐怖症が筋肉痛と共に3日ほど抜けなかった。

そして修行を終えたアユムは、ちょっとだけ筋肉がつきました。

「魔法は筋肉！」

スキンヘッドの国内最高の魔法使いは、笑顔でフロント・ダブル・バイセップスのポーズを決める。

通行人がギュントルを避けて通ったのは、きっと魔法の効果に違いない！

☆☆☆

『ギュントル先生の！　なんで筋肉？　～魔法は筋肉でできている!!』のコーナーです！

はい、個人的には悪魔ちゃんと話したかった世界の声です！　こんにちは！

「コムエンド魔法組合組合長。筋肉魔法のギュントルだ！」

暑苦しいので単刀直入に聞きます！　なんで筋肉が魔法に重要なのでしょう？

「暑苦しい……ふむ。誉め言葉だ！」

あの……回答をお願いします。

「すまんな嬉しくて忘れていた。魔法と筋肉の関係だったな？」

ええ、正直謎です。

「それは簡単な話だ。魔法とは我らの体を通して発現する事象である。いわば人間の体を媒介、フィルターと言ったほうが良いか、つまるところ体にエネルギーを流し発生するのが魔法なのだ」

へぇ（うわ、話長そう……だんだん眠くなってきた）。

「多くの魔法使いはそのことを理解せず、折角魔法回路を通しているのに詠唱やら態々杖を使ったりしている。甚だ無駄なことだ」

ほうほう、なるほど！（……あ、今日の社食のイベントランチ豚丼か……650円。うーん悩む。パスタでいいかな……）

「根源の話なのだ。体のエネルギーを使い、体を経由して法則性を付与し、事象を発現するのが魔法だ。故に効率的に魔法を行使するためには発生装置たる体と向き合う必要がある。すなわち筋肉と向き合う事！　それこそ魔法の奥義である！」

ですが、大賢者様って細身の女性ですよ？

「あれは細マッチョだ……。一度握手したことがあるが、戯れに力を入れたら握りつぶされてしまった……良い経験だった」

（人外……大賢者って可愛い顔してたのに……）

はい、お時間ですので本日の講義はここまでといたします。ギュントル先生ありがとうございました！　皆さんまたお会いしましょう～。

「良いか、重要なのは腹直筋だ、この……【放送は強制終了しました。ギュントル先生の今後の活躍にご期待ください！】」

☆☆☆

「が〜う（かりかりチーズ♪）」

「ボウボウ（ピッザ〜♪）」

「ボッ（いぇい！）」

「がっがう〜（ゆでると最高♪パリッと美味しい〜）」

「ボボウ（ソーセージ♪）」

「ボッ（いぇい！）」


15階層。フロアに半ば村ができているこの場で、収穫後のリッカを食べながら3匹はノリノリで歌う。

明日アユムが帰ってくるので3匹とも上機嫌である。

特にアームさんなどはついこの間まで、このフロアでは入り口を見る以外何もしなかったのに、今では『そんな使命あったっけ？』とばかりに入り口など見ない。

そんな注目されていない入り口でそっと気配を消しながら、1人のドワーフがアームさんたちの様子を見ていた。

「ここ15階層だよな……もしかしたら素通りできる？　……いや待て、そう見せかけているだけかもしれん。なにせエンペラーオークとフレイムワームとクレイジーパンサーだ。どれか1体相手にするのも難しいのに、あんなに仲良さそうにされると仕掛け辛い……引くか……」

こうして上級冒険者たる白髪のドワーフは闇に溶けて消えた。

「がうがうが～～～～～（肉を焼くならやっぱり～～～～～～～～～～♪）」

「ボウ・ボッ～～～～～（やきにくのた――れ――――――――――――♪）」

こいつら幸せそうだな……。

「がう（明日は焼き肉の帰宅する日だぁ！）」

「ボウ・ボッ！（おー！）」

「がう（食うぞ焼き肉!!）」

「ボウ・ボッ！（おー！）」

「がう（飲むぞリッカジュース!!）」

「ボウ・ボッ！（おー！）」

「がう（そして何よりシチューをたべるぞ～～!!）」

「ボウ・ボッ！（おー！）」

「ボッ！（俺は新種の作物に期待っす！）」

はい、その頃、地上のアユムは。

「アユム、料理は魔法力」

「マホウハキンニク」

「……」

無言で逃亡したギュントルが捕まる。

「キンニクハスバラシイ！　チカリサンハセクシー」

隠れようとしたチカリが捕まる。

「俺たちは魔法を教えるようにと言ったよな？」

「てへ♪」

「えへ♪」

「ミヨ！　キタエアゲタ三角筋ヲ!!」

ギュントルのスキンヘッドの頭に、油性塗料で描いたとわかるように髪が描き上げられる。

チカリはアイアンクローの刑に処される。

「これどうしろと……」

「ついうっかりやりすぎちゃった、てへ♪」

「ついうっかり魔法撃ち込みすぎちゃった、えへ♪」

「キンニクコソマホウ！　セカイノコトワリヲシレ!!」

ギュントルの顔にヒゲと、頬に赤い塗料が追加される。

チカリは、女性で回復術の師匠メアリーに連れて行かれ、子ども服1週間の刑を追加された。

「チカリんはかわいいでちゅねー」

チカリを連れて戻ってきたメアリーのセリフである。その瞳に一片の優しさもなかった。頭をなでる手に力がこもる。メアリー、ゆったりとした白衣の上からでもわかる、出るところは出ている体と成人した子どもが4人いるとは思えない、30代前半にしか見えない美貌。まさに美魔女である。

「あら、チカリん。ちょっと大きいかな……。可愛くないわね……。そうだ、いい薬があるの♪ちょっと縮もうか？　チカリん」

床にめり込む勢いで土下座するチカリ。『可愛くないわね……』という言葉に背筋が寒くなったようだ。

「いやです。ごめんなさい。反省しますので、その薬だけはご勘弁ください。せめて逆の薬を!!」

切実な願いであった。

「私、もうちょっと縮んだ方が可愛いと思うの。ねぇ、皆もそう思わないかしら？」

「うむ」

「まぁ、ほどほどにな」

「チカリは猛省すべきだな。だれがアユムを治すと思っている……」

「チカリんは縮むのがいいと思う。さらに理想に近付く！」

「いや～～～～～、変態がいる！　幼女趣味の変態がいる！！！」

逃げ出すチカリは、あっさりとメアリーに捕まる。一見優しく抱きかかえられているが、チカリの表情を見れば脱出できないホールドであった。

「やだな～、チカリんは大人だよ。……年齢は……。つまり……」

「「「合法ロリ！　タッチ解禁だ!!」」」

罪深い。なんとも世の中罪深い。

「俺もあんなことになるの？」

ギュントルは頭全体を塗装されながら恐怖に震える。

「大丈夫だ。お前はこのまま学会に出てもらうだけだから」

「まて！　それ学者として死刑宣告！」

逃げようとするギュントルだが、魔法の為の筋肉が、戦闘の為の筋肉に勝てるはずもない。一歩も動けずにいると、どんどん周りを囲まれる。

「ギュントル。大丈夫。学会の日までうちの店で下働きさせてやるから。万が一、塗料《メイク》が落ちたらすぐ塗れるぞ♪　あ、そうだ。自慢の筋肉は白塗りにしよう。黒光りしてて気持ち悪かったんだよね」

「「「イイネ!!」」」

満場一致である。

「いや～～～～。筋肉だけは筋肉だけは御助けを！　後生ですので！！！！」

「「「却下」」」

連れてゆかれるギュントルは魔法組合の長、この国最高の魔法使い。そんな面影はなく、まるでドナドナされてゆく子牛のようだった。

やりすぎ師弟が粛清された翌朝。アユムは昨日半日の記憶がないままダンジョンへ向かう事となった。

「では行ってきます！　ギュントル師匠、１週間ありがとうございました！　……ちなみにそれイメチェンですか？」

押し黙るギュントルを後ろから誰かが小突いた。

「うむ、学会まではこれで過ごそうと思ってな」

「さすがです！　白ペンギンみたいで可愛いです！　きっとインパクト抜群で発表もうまくいきますよ！」

爆笑が巻き起こる。落ち込むギュントル。

何が起こっているかわからないアユムは、只々唖然とするだけだった。

「チカリさん。いろいろご指導ありがとうございました」

「う、うん」

次は自分の番とばかりに過剰に警戒するチカリ。

「その服……とっても似合ってますね♪」

「ぐはっ……衛生兵！　衛生兵！」

「よんだ？」

大げさに倒れ込むチカリを支えるメアリー。まさに墓穴！

「チカリさん。無理に大人ぶるより、よっぽど魅力的だと思いますよ？」

「「「L・O・V・E！　チッカリーン!!」」」

「私はこの屈辱をわすれない！」

「自業自得ってことも忘れないようにね♪」

「……はい……。わかった！　わかったので頭押さえないでください！　縮む縮む！　これ以上縮みたくない！！！！」

またもアユムは蚊帳の外である。

クエスチョンマークを大きく浮かべるアユムを、今回の同伴組が促してダンジョンへ潜る。

こうしてアユムは、少しの筋肉と弱点の克服という成果を得てダンジョンへ帰っていった。

「本当に、学会だけは勘弁して。今回賢者の娘が来るの！　あの子むちゃくちゃだから絶対よからぬ方向に事が動くの！　だから……」

「組合長、あきらめましょう。私もこの格好で参加することになりました……。諦めから開く道もあります……きっと……」

「チカリぃぃぃぃぃぃぃぃぃぃぃ！」

結局、後日学会はさすがにまずいとエスティンタルが全員を説得して、ギュントルとチカリは解放された。

その後、魔法組合から『筋肉！』の雄たけびの回数が減ったことが確認され周辺住民が安堵した。

それだけ記載しておこう。

7話「まーると料理」

塩。


賢く強い王の側室に大変聡明な女性がいたという。

王とその家臣たちとの談笑にて「うまいものは何か?」という話が出た。

口々に自分の好みのものを持ち出しては語る。

人には好き嫌いがある。一概に何と決められるはずもない。

食へのこだわりは人それぞれ、まとまらぬ議論と徐々に強く主張しはじめる家臣たち。

そこで王は、賢いと見込んでいた側室の彼女にも問うてみた。

すると彼女は簡潔に答える。

「塩です」

その答えは驚きをもって家臣たちを黙らせる。

「塩ほど調理法で、うまいものはありません」

続けて発せられた彼女の言葉に一同が感心した。

彼女の答えに反論する者もなくなり王は大変満足し、彼女にもう1つ質問する。

「では一番不味いものはなにか？」

その問いに彼女は迷わずまた簡潔に答える。

「それも塩です」

皆が注目する中、王が理由を問うと当然のように彼女は答える。

「塩味が過ぎれば食べられません」

塩とはある地域では戦略物資である。

古来より塩の取引は国が法として整えるか、専売するほど大きな商売となっている。

何故か？

「人間は塩が無いと生きていけないからだよ」

今回帯同メンバーに入らなかった料理人、ハインバルグの弟子マールが自慢げに人差し指を立てながらアユムに解説する。まるで先ほどの側室のように聡明な女性なのだと言わんばかりに。

「なるほど」

「がう（なるほど。でもモンスターは塩必要ないよ♪）」

アユムとアームさんが感心していると、マールは更に胸を張る。

マールは特に目立ったところのない、いわば普通の容姿の女性だった。ただその桃色の髪と赤い瞳は印象的である。彼女の得物《えもの》は師匠と同じく片手剣の二刀流だ。

「で、今回の荷物で塩が多いのはそういう事なんですね」

「だよ」

ひとつ補足しておこう。

一概に塩と言っても種類が豊富である。この世界においてもそれは揺るがない。

しかし大きく分けると『岩塩』『天日塩』『せんごう塩』になる。

『岩塩』とは太古、海であった土地が地殻変動により地中に埋まり、塩分が結晶化した物。

『天日塩』とは塩田で海水を蒸発させて作る物。

『せんごう塩』とは海水を濃縮して煮詰めた物。

全ての塩が万能かと言うとそうではなく。

『岩塩』は不純物が多いと使えない。

『天日塩』は降水量の多い地方では不向き。

読者諸兄の住む日本では、主に『せんごう塩』を生産している。

アユムたちのいる国は、山間の地方は岩塩、海に近い地方は『せんごう塩』を製造している。

これは過去、国が大きくなる段階で2か国を併合した弊害と言われている。

「それぞれに特徴があるから、料理人としては腕の見せ所なんだけどね！」

浮かれるマール。これにも少々理由がある。

彼女は師匠から２つ課題を持たされている。

１つ目はレベルアップ。

これはアユムとそのほか師匠たちと狩りに出かける予定なので、難なくクリアできそうだ。

レベルが向上すれば次の奥義を教えてくれるそうなので、マールのモチベーションは非常に上がっている。

２つ目にダンジョン15階層での店舗オープン。

何を言っているのかわからなかった。

そもそもダンジョン内で設備は？　どうやるのか？

「水回りは妖精さんが用意してくれるそうなので楽しみですね。お店」

マールは妖精さんが何者か知らないが、そこまで言われれば受けない事もない。

何より小さいながらも一国一城の主になれるのだ。中々刺激的な課題だった。

「店なら１人でやってくれよ……」

そう愚痴るのはギュントルの弟子サントス。師匠とは似ても似つかないイケメンである。

金髪碧眼《へきがん》の完璧な王子様である。

彼は得物を腰に差していない。冒険者としての職業は魔法拳士。見えざる拳でモンスターを打ち抜くその姿は、近接専門魔法使いと言っても過言ではない。

巷では、彼の紅い手甲は敵の血を吸って紅いなどとささやかれているが、単なるファッションである。

「肉屋さんは重要です！」

先日ハインバルグの滞在中に、アユムを通じてダンジョンマスターと取り決められた事項である。

ダンジョンでは各階層のモンスター管理が重要である。

下手にモンスターを放置すると、５階層でアユムが倒したモンクコボルトのように狂った上、潜伏し存在進化してダンジョン内の調和を狂わせる。

それはダンジョンが存在する、その意義に反することになる。

なので、ダンジョンモンスターたちは狂いそうな同族を狩る。

その仕事はフロア管轄のボスモンスターが主に行う。

アームさんであれば６～15階層。

権兵衛さんであれば21～30階層。

そこで、実は倒したモンスターがほぼ手つかずで処分されているという現状があった。

それを聞いたハインバルグが『勿体ない』と言ったことから、今回の話が始まる。

各フロアボスは、いつも通り狂ったものを狩り、それを15階層まで持ってくる。

そこでサントスが肉を捌き、皮やツメ・魔石などをお代がわりにしてマールが料理をふるまう。

調味料や他の食材に関しては、売上に応じて地上から仕入れる。

中々に美味しい関係である。

……ただ、ダンジョンマスターには別な思惑もあるようだが……。

「アユム！　15階層着いたら一番に看板作ってね!!　お食事処まーる！」

「アユム、俺は早く地上に帰りたいから弟子候補のモンスターを……」

「マールさん了解です！　サントスさん、モンスターさんだと衛生管理が……」

浮かれてスキップのマールと、沈んでアームさんに慰められるサントス。

対照的な2人と共にアユムは15階層へと帰還した。

「がう（そういえば……もう1匹働きたいって奴いるって聞いたけど、ワームの奴連れてこないな……）」

決して世界の声が紹介し忘れているわけではなく。

事情があって出てこないのである。

「ボウ（ちなみに俺は毎日30階層から仕事をこなしながら通っている。決してボスとしての仕事を放棄しているわけではない）」

そして彼らは明と暗に分かれて15階層に帰ってきた。


「……ふぁぁぁぁぁぁ」

今日も15階層で一番早い目覚めはアユムである。

農家の朝は早い。いや、昔はそんなに早いとは言われていなかったが、最近のコムエンド周辺では裕福になった影響で照明の魔法道具が普及している。つまるところ夜の生産性が上がったのだ。

これは15時には全て終わっていた産業が、19時まで延びたと考えれば理解できるだろう。

だが人間の働ける実質時間はほぼ変わらない。なので都合の良い時間帯に変化した。つまるところ、農家以外の朝が遅くなって夕方以降も働くようになった。民衆は夜も出歩くようになりそして朝が遅くなる。結果、相対的に見て農家が早くなっているように見えるだけであった。

そんな農家であるアユムは、ダンジョンが明るくなる前には畑に居ることが多い。

そんなアユムも毎日スッキリ起きるわけではない。心地の良い干し草ベッドの上で出たくないとばかりに「うーん」と転がる。

今日からマールの店作りも手伝わなければならない。

さっさとベッドから出たいが、この心地よい暖かみからは出辛いのだ。

でも、出なければと、意識してアユムは布団を握り締める。すると右手に違和感が……、布団の上に布があるようで握った布団が少しずれた。

いやな予感がした。このベッドはサントスが支度をしたベッドだ。あの3枚目イケメンである。

悪い予感しかない。

アユムはゆっくりと上半身を起き上がらせると右手を開いた。

パンツである。

しかも女性もの。

「いやいやいや！　違いますから僕じゃないですから！」

匂いがしない。ほんのり石鹸の香りがするので、これは洗った後のものだ。

……いえ。アユムは嗅いでません。私ですか？　神界にいるのに無理ですよー（棒）。

……はい、味とかにおいとか確認できます。

まて！　違う！　犯罪者違う！　覗きたい放題だけど、そこはちゃんとフィルターかかるから!!

さっ、さて、女物のパンツを目の前で開いて固まるアユム。ベッドの上でそのまま固まる。

ここで誰か来たらアユムが変態として補導されてしまう。

ということで何気にドアが開かれる。

「アユム。私の下着しらな………」

固まったままアユムはギギギと首を向ける。

そして苦笑い。

「うん。アユムも思春期だもんね。でも盗むのはいけないかな？」

同じく苦笑いのマールは、そっとアユムから下着を奪い取る。

「ちちちちちちちち」

アユムは顔をリッカのように赤く染め上げて首を横に振り、挙動不審に陥る。

そんなアユムをほほえましく眺めていたマールは、わかっているとばかりにアユムの頭を撫でて落ち着かせる。

「ごめんごめん。冗談。あと、そろそろ真犯人が来るから隠れるね」

そう言うとマールはドアの死角に隠れる。

ドタドタドタドタ！

朝から宿泊所を駆けて回る音が響く。

それはどうやらアユムの部屋を目指しているようだ。

「アユム！　宝物がなくなった！！！」

サントスである。

アユムとマールの感情が氷点下まで落ちた。

「脱ぎ立ては気持ち悪いから、洗い立てを狙ってうまくいったのに！　昨日、到着して油断してる隙を突いたの！　布団準備当番で持ち歩いてたら落としちまった！　使おうと思ってたのに!!」

サントスさん。ストップ。これ以上はやばい、ただでさえあなたの株価ストップ安なのに。これ以上は……。

そのときサントスの後ろからパンツがそっと差し出される。

サントスは、目をむいてパンツを食い入るように見つめると。

「これだ！　やっぱここにあったか！　さんきゅー！　アユム!!」

と言ったところで、殻潰しことサントスも気付いた。

目の前にアユム。

パンツを差し出してきたのは後ろから。

「あ、ごめん。これ違うわ。やだなー、寝ぼけてたのかな。女のパンツ？　俺を誰だと思っているんだ？　精肉業界一モテる男サントスさんだぜ」

正直その場にいた者たちには、最後の『だぜ』がエコーのように響いて聞こえた。

そう、師匠たちもこの場に勢ぞろいしていた。そしてサントスの熱い言葉に失笑していた。

ポン
サントスには死刑宣告にも等しい手が肩に置かれる。

「何に使うのか、お姉さんにも教えてくれるかな？」

絶対零度の瞳である。

「……何に使うって？　決まってんだろ！」

開き直ったサントスであるが、直後に致命傷を受ける。師匠たちもかばいようがない。

「……変態に死を」

サントスは残念イケメンである。

黙っていればかっこいいのに。

「パンツは男のロマンだ!!」

蘇生後すぐに叫ぶサントス。

「「「「「「いや違うから」」」」」」

「何に使うんですか？」

アユム……。

その後、師匠たちに保健体育の知識を教えられたアユムは、マールを見るたびに赤面してうつむく日々が、店の開店まで続くのだった。サントス？

「ん？　到着して1日目の記憶がないんだが、なんかあった？」

うん。お仕置きやりすぎだね。

「そういえばアユム。なんだかんだ言ってパンツ手放さなかったね」

「ちちちちちちちち違います！」

仕事の合間にアユムで遊ぶことを忘れないマールさん。

そして色々問題はあったが開店の日を迎えるのだった。


「さぁ！　開店だよ！」

気風《きっぷ》のいいマールは、きっと前世は江戸っ子だろう。

マールの店はモンスターが入りやすいように、16階層から登ってきた階段の近くに配置されている。

開店準備に3日を要した。まず場所を作り、テーブルを作り、皿を作る。

師匠たちの宿泊場所に作られた炉があり、いずれ陶磁器の皿を作れるだろうが今回は時間がなかったので岩石魔法で加工した。その為大変重い……。

そもそも、16階層以降には虫系や動物系モンスターが多く、さらに下に行けば人型である権兵衛さんの配下であるオーク軍団がいるが、それらが来店すると思われていた。だから床に直に置いて食べる席と、テーブル席を半分半分に用意している。

「ドキドキしますね……」

本日開店することは、権兵衛さんを通じて妖精さん（ダンジョンマスター）に話しているとはいえ、どれだけの客入りがあるのか、アユムは心配でドキドキしている。

「大丈夫！　こんなにうまそうな匂いしてるんだ。すぐに来るさ！」

マールは笑顔でモンスター肉を焼き、団扇《うちわ》であおる。

アユム特製の現地作成ソースが、肉の香ばしい香りを引き立てている。

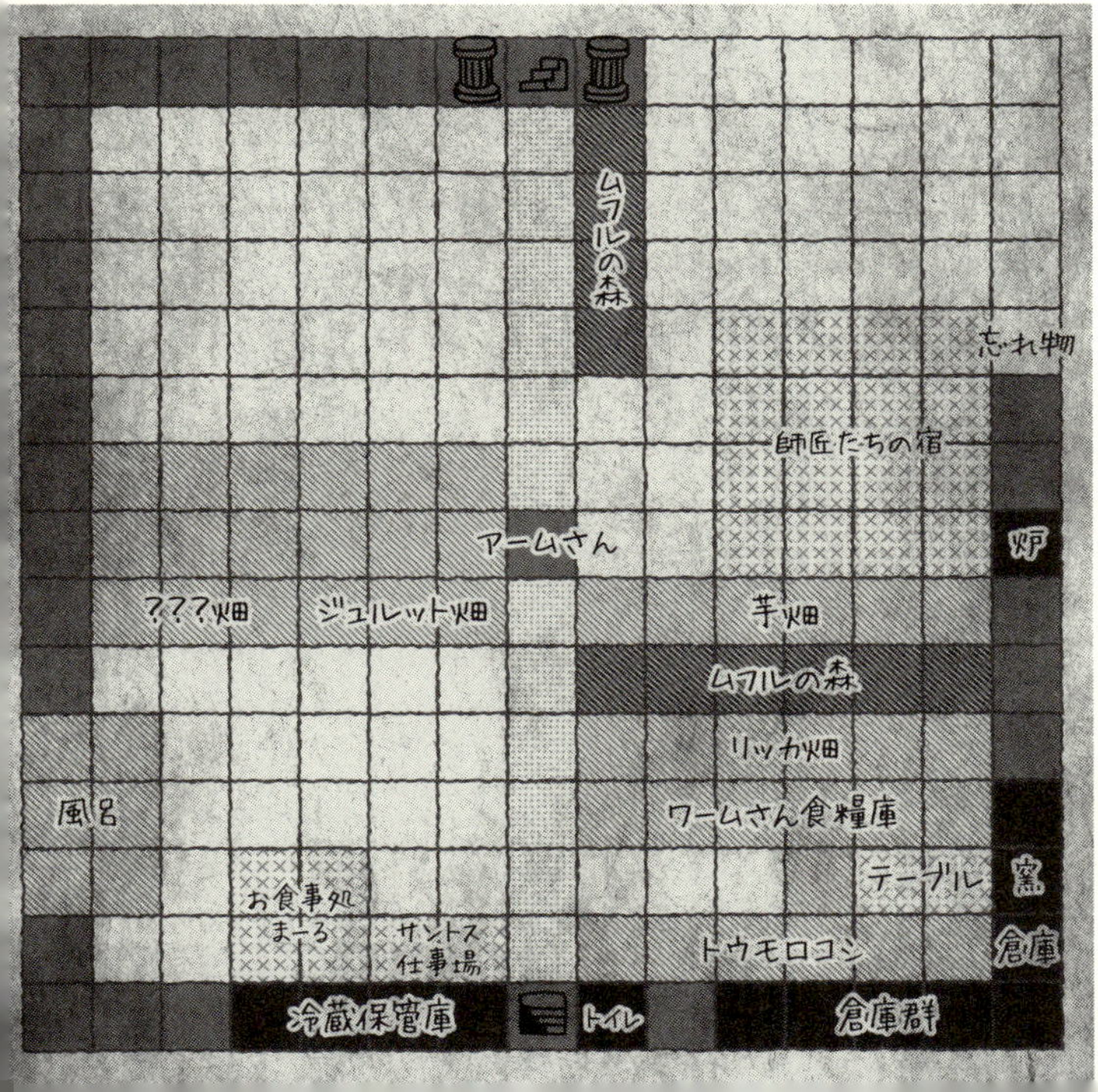

ゴクリ

漂う香りに思わずアユムの喉が鳴る。

肉に合わせて今日は大量に搾ったリッカジュースも用意している。

リッカジュースの為だけにチカリから氷魔法を教えてもらっている。『体で覚えるのが早いよ♪』とか言って、攻撃魔法で覚えさせられたのは懐かしい記憶である。

お客様を待つマールとアユムがいるお食事処まーるに、ジリジリとした緊張が漂っている。

「………うーん。君たちさ。俺がすでに働いていることは目に入らないんだね……」

開店準備中あまり役に立たなかったサントスがぼそりとこぼす。

彼はイケメン肉屋である。加工用の道具を降ろし、そして保存庫をアユムに作ってもらう。

その後、役に立たない。

保存庫の扉加工もアユムがやったし、畑の管理もアユムがやった。タレの作成も権兵衛さんとアユムがやったし、机やいす、お皿の加工はアユムである。

その間サントスは何をしていたのかというと……うん、アームさん枠でした。

つまり、サントスはジュースを飲んでアームさんと遊び、途中思い出したようにアームさんと一緒に狩りに出かけ、帰ってきて気まぐれに肉を加工し、焼き肉にして食べる。その後、風呂に入ってアームさんを丸洗いして寝ていた。ほぼ寝ていない2人とは対照的な男であった。

「がう（へい三下《さんした》！　肉、早く早く！　焼き肉！！！　じゅるり）」

「ていうかなんで虫系狩ってくるんだよ……これ素材は大したものがないぞ……」

サントスの言葉に固まるアームさん。

「がっがぅ……（え、でもそれレアモンスターだし……）」

「サントスさん。そのモンスターの内臓、薬になるので乾燥魔法掛けて保存庫に入れておいてください。アームさんお手柄ですよ～、いっぱい食べていいですよ～」

絶望に落ちるアームさんだが、やはりアユムが助けるようだ。

「が～う（さすがアユム～、俺焼き肉大好き！）」

ちょこんと自分の席に着くアームさんは、マールにチラチラと視線を送る。

「がう（シェフ、いつものを……）」

「お客来ないねぇ……」

片手をそっと上げ格好つけて注文するアームさんだが、マールは無視である。というかアユムにしか通じないからね？　アームさん。

「がぅ…（マスター……、いつものください……。ぐすぐす……。お肉、お肉が食べたいのです……ぐすぐす……）」

「あ……、えっと……。マールさん。アームさんにお肉とリッカジュースをお願いします」

アユムが居《い》た堪《たま》れなくなりマールにつなぐ。１回無視されただけで落ち込むアームさん。愛すべき駄猫と再認識である。

「はい、どうぞ。あ、このトウモロコシはサービスね♪」

「がう！（ありがとうアユム！）」

勢いよく肉をほおばるアームさん。そして思わず吠える。

「がう――――――！（うま――――――い！　これ喰えない奴可哀そう♪）」

いつもの事だった。だが今回はその雄たけびが切っ掛けになった。

「ボッ（だから早く行こうって言ったじゃないっすか！　あー、大将がもう美味しいところ食べてる!!）」

２番手はワームさんと、赤い毛並みの体長１・５ｍの熊であった。

それぞれ、ワームさんの糸で絡めとったモンスターを引きずっている。まだ死んでいないようだ……。

「お、ワームさんと……そちらは？」

サントスは遊んでいる間でも畑の従業員と交流していた。虫系モンスターのワームさんにも嫌悪感なく接していた珍しい人間である。

「ボッ（19階層のザコモンスター、ギガベア持ってきたっす）」

ギガベア、４ｍぐらいのでかい熊。４つ腕。討伐推奨戦闘力《レベル》パーティー平均20～、単体40～。

「あ、サントスさん。ザコモンスターのギガベアだそうです。まだ生きてますね。生きのいい状態で〆られてラッキーですね♪」

包丁を手早く動かして、人参のようなものと芋の皮むきにいそしむアユムが翻訳した。

「マジか……ギガベアがザコなんだ……てかそちらの御仁は……？」

サントスは、聞かなければならないが聞きたくない事を聞く。逃げ出したくてたまらない。

「ボッ（20階層のボスでサンダーベアの……アユムん、名付けて！）」

サンダーベア、１・５mの熊。しなやかな筋肉から繰り出される突撃は回避不能。あらゆる魔法耐性を持つ毛皮は、非常に高値で取引される。討伐推奨戦闘力《レベル》パーティー平均45〜、単体70〜。

「こちらは、サンダーベアの…………うーん、【ムウ】さんなんてどうですか？」

アユムの言葉を聞いて熊は小さく頷く。

「ボッ（おっけー、チョー気に入った！　って言ってます）」

意訳なのだろうか？　それともテレパシーなのか、ワームさんが語る。

「さっ、サンダーベアね……うん。よし気にしない事にする！　俺は仕事をするぞー！　筋肉でもぜい肉でもうまく処理してやる！！！」

開きなおったらしい。

「ワームさんはこっちね。最近植えたばかりのジュルット。根菜類で土付きだよ」

アユムは、土を落としていない人参のような根菜類ジュルットというダンジョン作物（不味くて不人気のダンジョン作物の中でも、最も人気のない部類に入る作物）を並べる。

ジュルットが何故人気がないのかというと、人間が食べる為には水に2日ほど浸けておかないと硬くて食べられないのだ。味の方は手間をかけた分だけましなので、コアなファンがいるという噂だが。

ジュルットをワームさんは小さな口でボリボリと食べ始める。その横で無言系の熊さんも肉を口にする。

熊さんこと、ムウさんは目を見開く。どこかで見た反応だ。

もう1切れ肉を食べる。確信に変わったのか頷くようにゆっくりと食す。

そこで茹でた芋が視界に入る。正直言ってムウさんは興味がなかった。自分は雑食だが、この肉を超える味などあるまいと……ちょっと冷めた視線を芋に送っている。

そんな様子を見ていたアームさんは、ぼそりとつぶやく。

「がう（ふふふ、これが若さというやつか……）」

いや、あんたつい2週間ほど前同じようなリアクションしてなかったっけ？

そんなアームさんの言葉も聞こえないとばかりに、ムウさんはつまらなそうに芋を口に放り込む。

無言。

だが、手はすごいスピードで動いている。次々に口に投げ込まれる芋。やがてすべて無くなった。

ムウさんがそれを知ったのは、手が宙をさまよい芋が掴めなくなってやっとである。ムウさんは芋を食べ切ったことを知り、世の中に絶望する。

「そんな顔したらダメだよ。ほら、たべて」

マールさんがそっと芋を追加してくれた。思わずムウさんは立ち上がって小さく吠えた。

「ぐる（サンキュー、まむ！）」

「ありがとうございます。だってさ」

直訳できず苦笑いのアユムがいた。

それから次々とモンスターが現れ、一気に食の戦場と化した。

お食事処まーるを包む心地の良い喧騒は、夕方まで続いたのだった。

「え？　階段の下に行列ができてる？」

「ボッ（マジっす。それも自発的にできてます。その光景をわざわざ見に来たダンジョンマスターが大笑してたっす）」

モンスター、その生態はなぞに包まれていた……。

「だれか！　だれか手伝ってくれ！！！」

サントスが助けを求めた！

師匠たちは食べる側だった。

アユムは忙しかった。

マールはサントスをにらみつけた。

ワームさんはいつもの葉っぱで口直しをしていた。

アームさんはお風呂場からサントスを微笑ましく眺めていた。

「孤立無援！　まさかの過労死もある？」

「口より手を動かしてください。あ、ワームさんたちの糸は高級品だから気を付けて～」

サントスは一心不乱に働いた。地上に戻るとレベルが10も上がっていたのは、きっと狩りの効率が良かったからに違いない……決して生きたまま捌いたから上がったわけではないはず。うん。きっとね。

激動の開店初日はこうして過ぎていった。

マール、サントス、アユムの３人はお風呂上りにご飯片手に舟をこぎ、食べ終わると力尽きるように師匠たちの肩を借りて寝てしまう。そしてそっと師匠たちにベッドへ運ばれるのだった。その寝顔は満足げだった（除くサントス）。


それは開店2日目の夜の事だった。

「私は思うの。ダンジョン外にいる上級冒険者にも来てもらえれば、もっと素材の運搬ができると！」

マールが意気込んでいる。ダンジョンマスターが女湯の仕切りを作ってくれた為、仕事後の一息がつけるようになり夕食後歓談の時間で、次なる一手とやらを提案してきた。

「美味しい仕事と美味しい食事！　いつもの日常に飽きてる金持ち……ゴホゴホ。上級冒険者を招致できないかな？」

「値段設定はどうするんだ？」

師匠のうち、商店をコムエンドとエリエフッドに数店舗持つジロウが、興味深げに反応する。ジロウは白髪で小柄、口ひげを蓄えた初老の男性である。

「地上の3倍を考えてます。正直アユムの野菜だけでその価値があるわ」

「あ、お野菜美味しいですよね！　うん。いいと思います」

野菜を褒められてホクホク顔のアユムが何も考えなしに賛成すると、ジロウは笑顔のまま大工のアンソンを呼びアユムを修行に連れて行ってもらう。

笑顔でドナドナされるアユム。

「来る人たちに調味料とか持ってきてもらって、これも高めに買い取れば、そんなに損をしてる感がないと思います」

「ふむ。モンスターたちからの払いはどうする？」

「難しいと思います。モンスターたちが持ってくるのは16階層以降の価値の高い物なので、それと比べると同じものを出すのは不公平感がでるというか……そもそもモンスター1匹で1食っていうのが高すぎるっていうのもあるし……」

初日は捌き切れない客足だったが、2日目から客が減った。

アユム経由でワームさんに聞いたところ『そもそもそんなに頻繁に狂化するモンスターはいないし、みんなあんな贅沢は10日に1度ぐらいがちょうどいいと満足して帰ったっす。野菜無料サービスの件はみんなに伝えておくっす』と不満もないけど贅沢は頻繁にはいらないらしい。

ワームさんが言う通り、客は減ったが全くゼロにはならない。今までゼロだった15階層からすると、賑やかといえば賑やかである。

「モンスターに貨幣経済を教えることもできんし、そもそもモンスターが倹約家という驚きの事実もあるしな……てっきり本能に任せて毎日来ると思ってたよ……」

「はい、アユムの野菜無料サービスにも遠慮がちに来るのが新鮮でしたね……。う~ん、このままだと罪悪感が……、でもモンスター向けの価値なんてどうつけろと……はっきり言って、贅沢な悩みですよね、これ」

「食事札を作って適宜枚数を決めるか……」

「そこですかね……」

「ねぇねぇ。それって地味ぃ~に、俺の仕事増えてません？」

食事を終えてぐったりしていたサントスが非難の声をあげる。

「がう（どうした？　頭？　悪いの？）」

サントスの落ち込みっぷりにアームさんもさすがに気になったらしく、そっと頭を寄せて慰めている。

どうやら駄が付く者同士通じ合うものがあるようだ。

「ジロウさん、今ピーンときました……」

「うむ、俺もピーンと来た」

サントスはアームさんに寄りかかり、その赤い毛並みをなでる。

最近お風呂好きになったアームさんは、サラサラの毛並みで良い匂いもする。

「モンスターたちには素材代として食事を複数回、ゆくゆくはちゃんと評価する事にして。人間はどうしても街の価格と比べてしまう。それは……」

マールの言葉をジロウが引き継ぐ。

「真新しい感がないからだ。内容が抜群でもそこに金を落とすものがいるか。上級冒険者であればダンジョン内での粗食にも耐性がある。だったら……」

マールとジロウはお互いに視線を合わせてほくそ笑む。

「「新しい価値をつければいい」」

その瞬間、アームさんは怖気《おじけ》を感じて（丸まってサントスの枕になっていたのだが）ビクリと起き上がる。そして前後左右を入念に警戒する。

「毎日奇麗に洗われてモフモフな毛並み」

ジロウのセリフに警戒を感じるアームさん。

「あの警戒感のない間抜け顔で人にすり寄って癒す。巨大だから体重を任せて甘えることもできる……」

マールのセリフは、今のサントスの事を示している。

アームさんはこのタイミングで、この怖気の発生源がジロウとマールであることを認識した。そしてそっと耳を倒し顔をそむけた。

耳はマールに持ち上げられた。顔はジロウに抱えられた。何故かアームさんは逆らってはいけない衝動に駆られる。それは最近、消えかけていた野生だった。

「アームさん。良いお話があるの♪」

全力でイヤイヤを表現したいアームさんだが、体が動かない。

「お前さんのその魅力を見込んでお願いがあるんだ」

そっとジロウに撫でられたアームさんはその優しい手つきに、『こいつら良いやつかも……』と錯覚を始める。

「言うとおりにしてくれれば、寝転んで皆に愛想ふりまくだけで美味しい物、食べられるわよ」

アームさんは判断した。

「がう（大将、姉御。俺に何でも言ってくれ！）」

顔が緩みまくっている。

静かな笑みを浮かべるマールとジロウ。

暗闇の中、修行していたアンソンとアユムが本能的に逃げ出したほどの黒い笑みだった。

「がう！（寝てるだけで美味いもの食えるようになるなんて！　最高だ――――！）」

翌朝。

「じゃっ、じゃあ、行ってくるよ。みんな」

足早に5階層に上がってゆく一行を見送る1匹に、蝶ネクタイ装着の上、ブラシで入念に毛並みを整えられたお猫様がいらした。ピンと背筋を立てて座っている。

「がう（なんか今日は早かったね……）」

「ボッボウ（うむ。急ぎの用でもあったのであろう……ぷっ）」

「お、やっぱりいた」

権兵衛さんに**『何故笑った』**と問い詰めようとしたアームさんの言葉を、階段の上から降りてきたアユムの師匠オルナリスの言葉が遮る。

竜人であるオルナリスが階段を下りてくると、その巨体の陰に隠れて確認できなかったが他の冒険者もいるようだ。

人数にして8人。

「さっきアユムとすれ違ったよ。あ、こいつら俺の部下と……このドワーフは冒険者だ」

「オルナリス、本当にこいつら言葉が通じてるのか？」

オルナリス以外、皆疑心暗鬼である。確かにオルナリス1人いれば、クレイジーパンサーとエンペラーオーク同時に相手にしても勝てるだろうが……勝てない彼らは不安で仕方ない。

「がう（よろしく白髭ドワーフ）」

「ボウ（よろしく頼む皆の衆）」

その不安もアームさんたちがお辞儀をして（互いに一方通行だが）、オルナリスと会話が行われたことで払拭された。そして彼らは15階層を目指した。

――アームさんと別れたアユムたち

「ジロウ、最後の蝶ネクタイは反則！　どこの貴族の飼猫だよ」

アンソンは腹を抱えて笑い転げている。他のメンバーもおおむね似た反応だ。

それもそうだろう。１匹で１つの砦を破壊しつくすというクレイジーパンサーが、身なりを整えていいところのお猫様然としていたのだ。ギャップがすごい。

地上に至るまでアームさんのネタで持ち切りだった一行の中で、アユム１人だけ浮かない顔だった。

「師匠。ドワーフって歳をとっても白髪にならないはずですよね……」

あの白い髪は、違和感が形になったようにアユムには感じられた。

「アユム、気にしすぎだ。そう言う事もあらぁ。きっと」

肩をバンバンと叩かれて地上に上がるアユムだが、やはりどこか後ろ髪ひかれる気分だった。

だが、少し考える。師匠たちほどのレベルの人間を、違和感なく欺ける者って存在するだろうか、と。

アユムはダンジョンの入り口を振り返り、少しため息をついて再び前を向いた。
やるべきことは多い。何もできないことであれば、止まらない方が良い。
そう結論付けて前を向いた。

8話「魔物さんによるアユム君観察日記」

ダンジョンマスターの朝は早い。何故ならば最近観察対象の農家が早いからだ。

ダンジョンマスターというと、皆さんは何だと思うだろうか？

個人的には稼いだポイントでコーラとポテチをボリボリしながら、たまに端末でダンジョン管理してるニート……ごほごほ、もとい、自宅警備員の偉い人バージョン！

ん？　お手紙ですか？　はぁ。今読めと。仕事中なんですけどね。

ビリビリ……。


『世界の声様。喧嘩なら高額買取キャンペーン実施中です♪　可愛くて働き者のダンジョンマスターより（加虐）愛をこめて♡』

……。

世界の声とは物語の進行役である。第三者の俯瞰《ふかん》した視点から物語を記録するのが使命である。

公明正大な立場にて私はここに声を大にして言おう!!
ここのダンマス働き者!!
しかも一見カッコいいキャリアウーマンですが、普段はかわいい女性である!!
そしてダンジョンを2つも運営するやり手の彼女は多忙であった……。
ちらちらっ（これでいいよね……もうあの子いないよね……）。
ん？　またお手紙ですか？　嫌な予感しかしませんね。
ビリビリ……。

『やりすぎ♡（反語）が透けて見える。やるならさりげなく！　それが大人の接待術!!』

……。

……ダメ出し来たよ……メンドくせーよF２層※……。
うん、そうだ気にしない。気にしたら負ける!!　いろんなことに！
※視聴率調査等で使われる世代区分。35歳から49歳までの女性のこと。アラフォー……ごほごほ、首を絞めるのは反則です……ぐ、ぐあぁ。

はい、という事でダンジョンマスターは朝早くから報告を受けている。

まずは朝から一緒に畑仕事をしている権兵衛さんから。

『アユム観察報告　X月Y日午前
今日は芋の世話をしました。最近トウモロコシへの魔法力供給がうまくいっていたので自信を持っていましたが、地中への魔法力供給は難しいです。難儀しているとアユムがそっと手を添えてくれました。いい匂いがしました。

一緒に農作業をしていて思います。アユムが女の子だったら、俺はここに居られないほど照れるだろうと。同じオスであってよかったと深く思います。

芋の世話の後、ムフルの木の収穫を行いました。ここでは、マールが手伝ってくれました。ですが作業中ずっと【女湯を作ってくれないから大変だ】と愚痴っています。確かに毎回自分と部下たちがカーテンを持って立つのは大変です。母上、改善を要求したいと思います。

さて、ムフルの森を清掃しているとサントスが大あくびをかきながら起きてきました。そして俺をみて驚きます。もう少し慣れてほしいと思います。サントスはしばしボーっとした後、朝風呂へ向かいました。もう少し仕事をしてほしいと同じフロアの従業員として思います。

落ち着いたところで朝食の時間となりました。マールの料理もいいですが、やはりアユムの料理は最高です。

母上も【じょしりょく】なる力が上昇するそうなのでアユムに教わってみてはいかがか？

アームとワームと一緒に母上の事をマールとアユムに相談したら【いつでも……、いつでもいいですよ。優先しますよ】と大変優しく言っておりました。ぜひ、我らが母上が更なる高みを目指すためにもご一考いただけませんでしょうか。

朝食が終わり俺も仕事に帰ろうとしたところで、師匠たちのうち2人が大荷物をもっていました。地上に戻るようです。何やら【1週間で得る想定の素材が1日で得られた】との事。それを聞いていたサントスが泣いていましたが、はじめの見積もりが緩すぎると思いました。何故ならば未処理の素材が山となっているからです。お土産にチーズを購入してきてくれるようです。楽しみです。

以上、30階層フロアボス　権兵衛』

読み終わったダンジョンマスターは静かに立ち上がり、30階層を目指す。

途中、反抗期に入った35階層の暗黒竜が絡もうとしたが、ひと睨みで負け犬みたいな声を出して逃げていった。


「ボウ（ん、母上。しばしお待ちを、部下たちの管理作業がすぐに終わりまするので……ん？　報告書ですか？　……はぁ日記に見える？　仕方ありますまい、臨場感を出すためには日記スタイルが良いと思いましてな）」

往復ビンタ。

「ボウ（母上！　お怒りを、お怒りをお治めください。確かにおいしいものを俺だけ食べましたが！　……ああー！　誰ぞ誰ぞある！　ご乱心じゃ！　母上がご乱心じゃ!!）」

ダンジョンマスターの怒りが治まるまでしばらくお待ちください。

30分後、ダンジョンマスターは肩を怒らせて帰宅する。

途中の35階層で小さく丸まっていた暗黒竜が、ダンジョンマスターが入ってくると小刻みに震えて土下座を始める。大名行列？

ダンジョンマスターは自席に戻ると、もう2枚の報告書を手にする。

15階層の駄ネコと、スパイとして送り込んだ18階層のチャラ虫である。

ダンジョンマスターは怒りに震える手で紅茶を持ち、少し心を安定させる。

『アユム観察報告　X月Y日お昼
最近アユムとお昼寝ができなくて寂しい。
15階層フロアボス　アーム』

ダンジョンマスターはふっと諦めたように笑う。冷酷な笑みだった。

だが、もう少し続きがあったので読むことにした。

『追伸：アユムから燻製肉とリッカジュースを送るように言われましたのでお届けします。じゅる』

ダンジョンマスターが視線をやると報告書が置かれていたテーブルの横に樽と肉の塊があった。どうやら我慢できたようだ。

『駄猫へ。命拾いしたな。アユムに感謝せよ』

最後にダンジョンマスターは問題児の報告書に目を通した。

『アユム観察報告　X月Y日午後
出勤すると権兵衛さんがまとめてくれた美味しいものにかぶりついたっす。
ある程度食べたら地中に潜り土を育てたっす。
最近何か忘れているような気がする。
ダンマス何か知ってません？　知ってたら教えてほしいっす。
最近知ったんっすが俺たちの出す糸高級品らしいっす。ちょうど今回服飾の師匠が来ているらしいので落ち着いた頃合いを見計らって糸を提供しました。大変喜んでいたのでもっと出したっす。

ここからはちょっと私信になるのですがよろしいでしょうか……。
私最近気になる子がいまして。その子を食事処まーるに誘いたいのです。
昨日食したジュルットを2人で食べたいと思います。
そう考えると最近頭がぼーっとします。
色々な想像をしてもだえる日々です。ああ、私にもう少し勇気があれば……。
そう、話しかける勇気があっても、断られる勇気はないのです……。
私の心を占領する彼女。
私と目が合うと赤くなってすぐにそらしてしまう彼女。
なぜ彼女はこんなにも私の心をかき乱すのでしょうか。
会いたい。
話したい。
触れ合いたい。
大事な彼女。だから私は貴女を奪いたい。
でも、大事な貴女に強制はしたくない。
貴女に嫌われるのが心の底から恐ろしい。私はこんなにも弱くなってしまった。
私の体は今、貴女への愛という猛毒に冒されている。
本当に、どうしたらいいのか……私は……。

親愛なる母上、ご多忙中大変恐縮でございますが、何卒《なにとぞ》不出来な息子にご助言いただけないでしょうか。
18階層のナイスガイ　ワーム』

ダンジョンマスターはワームさんの報告書をそっと閉じ、ソファーにもたれかかり薄く笑みを浮かべこっそり泣いた。

芋虫に負けた。

あ、え、ちょっと槍投げてこないで!!

ダンジョンマスターは異次元にいるはずの世界の声に怒りをぶつけると、すっきりした表情でワームさんに手紙を書く。


『今度2人での潜入指令出すのでお相手を教えなさい。……誰よ？　教えなさいよー（ニヤニヤ）』


ダンジョンマスターの朝の休憩時間はこうして過ぎてゆく。

一応2つ目のダンジョンの作成業務もあるので仕事前にしか見られない。

落ち着いたところでダンジョンマスターは思う。

（世界創造以来変わらなかったダンジョンの在り方が今変わろうとしている……）

そしてダンジョンマスターは1枚の手紙を手にする。

（私も変わろうかな……）

『ダンジョンマスターお見合いイベント！　のお誘い!!』

……変な男に引っかからないでね……。

9話「悪魔ちゃんの企みとチカリん親衛隊」

これはアユムが2度目の帰還を果たしたころ、そう、筋肉信者になりかけていたころのお話。

——とあるダンジョン中層

「なんで！　なんで誰も敵を迎撃しないんですか！！！」

本日何度目かのシスターアルフノールの叫び声が聞こえる。

手っ取り早くレベルを上げるための穴場に籠って5日。彼らは一向に向上しない。

いや、モンスターは退治できているのでレベル数値は上がっている。

「いや、それはいつもアユムがやっていた事であって、俺たち向きではない」

……初めはよかった。そう初めは。

このダンジョンは『あの』悪魔ちゃんがダンジョンマスターを兼任するダンジョンである。

交易都市エリエフッドから、東に3日ほど進んだ場所にそのダンジョンはある。冒険者向けビジネスが盛んな為、そこそこの規模の村もあった。コムエンドとは比べ物にならない程度の小ささではあるが……。

さてダンジョン上層は問題なかった。聖剣使いイットも聖剣に使われている感はあったが、一撃でモンスターを退治できた。タナスの攻撃魔法も威力十分だった。サムも魔法戦士として初歩は理解しているらしく、成長が楽しみだった。何よりアンバランスな、いや個性的なメンバーをまとめ上げる一見、いや全面的にチャラいセルがいてくれて、アルフノールは安堵していた。

だが、いざ中層攻略に行こうとした時だ。セルが師匠の伝手《つて》だか何だかで、アユムの生存を聞きつけた。そしてメンバーの間に亀裂が入ってしまった。

アルフノールは不味いと感じて割り込もうとしたが、セルの方が早かった。

「俺、行ってくる！　許してもらえなくても行ってくる！　冒険者やめることになろうが、それでも俺は行かなきゃならない！　皆とはここまでだ。悪い！」

普段チャラいが冷静な行動をとるセルが、それだけ言うと走りだしていた。呆然と見守るアルフノールたちを尻目に、知り合いだという商人の馬車に乗り込み、気付けば村を出て行ってしまっていた。

「行ってしまったな……」

「行ったわね」

「……」

「仕方あるまい。セルと言う男はそういう男だ」

イット、リム、タナス、サムの順に語る。

「皆様はこのまま残っていただけるのですよね……」

「ああ、もちろんだ！　超級モンスターの出現が予知されているなら、世界には英雄が必要だ！

この聖剣にかけて、俺たちは強くならなければならない！」

イットが街中だというのに抜き身の剣を振りかざす。

「ああ、イットさすがだわ。私も聖女として貴方にお仕えします」

リムはうっとりしながらイットに寄りかかる。

他の人間を放置して2人の時間が始まる。

アルフノールはこの時まだ知らなかった。このパーティーでアユムとセルがどれほど重要な役割をしていたのかを。

「いや～～～、今矢が頭かすめた！　かすめたよ！！！！」

中層に入ってから、アルフノールはどんどん疲れがたまってきていた。

まずこいつら、一撃で倒せないモンスターをけん制して後衛に回させないとかしない。

だって『それアユムがしてたよな（笑）』と言う。

なのでアルフノールは念のため持ってきた盾とメイスを振り回す。

次に、こいつら罠とかモンスター感知とかしないで進む。

アルフノールは『そんなバカな。いざというときの為に複数名ができるようにしているはず』……すぐに後悔した『だろう、かもしれない』は事故の元。すぐに何ができるかを再確認した。

結果、何もできないことが判明した。

キャンプで料理もできない。

簡単なものをかじるとかはできるけど、食糧管理もできない。

というか誰が食糧を持っているのかも知らない。

罠の解除ができない。

敵の感知ができない。

連携攻撃ができない。

モンスターと1対1の戦闘をしたがる。

何度アルフノールが叫んだかわからない。後衛であるタナスが魔法を放った後、前衛が何もしないでモンスターが後衛まで素通り。アルフノールが咄嗟《とっさ》に盾に入って事なきを得たが……。アルフノールは後悔を始める。人選を間違ったと……。

そんなお疲れのアルフノールは、メンバーに休日を提案する。

「馬鹿な！　俺たちは世界の為にも一刻も早く強くならなければならないのに!!」

アルフノールはのどまで駆け上がってきた、『どの口がほざくか！　このくそ脳筋パーティーが！！！』という言葉を呑み込んで言う。

「根を詰めては逆に成長が遅くなります。頃合いを見計らって休み、自分を見つめ直すのです」

一同が押し黙ったので、アルフノールはこっそりリムにささやく。

『休日デート……楽しそうですね♪』

リムはあっさりと理解してメンバーを促し、休みが確定した。

そして休日の午前、アルフノールは今、神殿にいた。

神に祈りを捧げている。半分謝罪だ。だがアルフノールの神はちょっとあれだが基本優しい神だった。

祈りを解いた後、アルフノールの表情には若干の余裕が浮かんでいた。

そこで、アルフノールの耳にそよ風が流れ込んでくる。

「……白が動きましたか……先を越されましたね……」

余裕の笑みを浮かべるアルフノール。

先の事を気にしても仕方ないと開き直っているのか、それとも……。

――コムエンド

「グールガン。やけ酒か？」

冒険者仲間がグールガンの隣に腰掛ける。まだ2度しか会っていないのに図々しいことこの上ないが、これが冒険者標準であった。

「ったく、なんだよこのダンジョン。15階層にクレイジーパンサーとフレイムワームとエンペラーオークとかそろってやがるんだ。ソロ殺しか!?　ってんだよ」

グールガンの愚痴に冒険者は太い声で笑いながらその肩をバンバンと叩き、自分のつまみを少しとるように促す。

つまみはこの地方で大量生産されている豆だ。過去冷害対策として作られ始めたものだが、現在ではおつまみから主食まで広く愛されている。

「美味いな、そして酒に合う」

「だろ？　このあたりの自慢だ。もっと喰いたければ追加注文しな」

ガハハハッと笑う。

「冒険者なら地元産業に金落とすのは当然だぜ」

「すごいこと考えるな、この都市の冒険者は」

グールガンは苦笑しつつも豆と肉を注文する。

「すごい事と言えば知ってるか？　あのメアリー女史が『チカリん親衛隊』っていう組織を立ち上げるらしいぞ」

冒険者の言葉に、グールガンはぐっと距離を詰めて低い声でつぶやく。

「……詳しく」

グールガン。神出鬼没のソロ冒険者。万能ゆえに群れない男。

そんな彼がとある組織に所属した。その名も『チカりん親衛隊』。会員№37である。

翌日入会金を支払い、姿絵と次回のイベント予定表をもらうと、グールガンは宿の部屋に駆け込んだ。

姿絵をうっとり見つめながら、隊から支給された応援のポーズを練習する。鬼気迫る表情だった。

彼はグールガン。

孤高を愛するソロ冒険者。

【白髪のドワーフ】グールガン。

☆☆☆

初めまして、神だ。担当はまだない。いやごめん、あるけど教えてあげない♪

儂がとある目的で遣わした悪魔ちゃんことアルフノールがとても疲れている様子なので、休みを取って本日1度戻って来るように伝えたのだが……。

コンコン

軽いノック音が響く。

どうやら悪魔ちゃんが戻って来たようだ。

「どうぞ……」

「失礼します」

入ってきたのは少しやつれた悪魔ちゃんだった。

やべ、やつれたその顔もかわいい！　よし、持って帰って人形にしよう！

「神よ、それ犯罪ですからね？」

「そっ、そうか……」

痛恨の極みだ。

だが！　ここから始まるピンク色の世界！　うふふふふ。

「……神よ、懺悔してもいいですか……」

「うむ。今日はお前のストレス源を聞くために呼んだ。存分に愚痴れ!!」

腕組みをして書きかけのデータを保存。そして録画モードに移行する。（何がって？　分かってるよね？　君）

「ありがとうございます。聞いてくださいよあの聖剣使いども!!　もうどうやって生き残ってきたのよって感じの……（以下愚痴）」

（うんうん。愚痴に歪んだ顔も可愛らしい♡）

「聞いてますか？」

「聞いてる聞いてる、もう1杯どう？　異世界から聖杯っていうアンティーク物が流れてきたんだけど、これ使ってみる？」

「バッチいのでお断りです」

いい！　その拒否する表情もいい!!

・

・

・

「神よ、私は罪深い生き物です。ですが、神の為、私の為、ボーナスの為、新作のバッグの為、頑張ろうと思います!!　ファイト、私!!」

「がんばるがいい、神はいつも……たぶんいつも、君を誰か経由で見守っていると思う。存分にやりたまえ！　……やりすぎたら切り離すけどね♪」

「はい！　最後の一言がなければ惚れそうでした！　では、今度は良い報告をいたします!!」

なん……だと……。悪魔ちゃんの好感度下がった………だと………。

カチャ　パタン　パタパタパタ

元気になって去ってゆく悪魔ちゃん。

私はそっと録画を終了する。

若干の賢者モードを経て、私は仕事用ではない端末を立ち上げる。

起動先に映し出された掲示板に、この純粋な神の感情を書き込む。

『本日、部下ロリっ子にときめいた。歪んだ表情もありだな！　と思わず叫びそうになった。ああ、神よ、この罪深き私をお許しください。』

ポチっとな。

早速レスが何件かつく。

『罪深きあなたを許しましょう（ｂｙ神）あと通報しました。』

『触れなかった貴方に喝采を、ＹＥＳロリータ、ＮＯタッチ。』

私はふふふと余裕の笑みを浮かべながら紅茶を楽しむ。

差し込む日差しが心地よい。まさに神がいるべき厳《おごそ》かな空気だ。

そして私は端末を閉じる。

10話「闇にうごめく白い魔物」

【変態が現れた！】
たたかう
にげる
まもる
≫アームさんを生贄に捧げる

アームさん **「がう（蝶ネクタイかゆい……ん？　なんか呼んだ？）」**

☆☆☆

「お前ら！　16階層への探索に出かけるぞ！」

アユムの両手剣の師匠かつ先輩冒険者、竜人オルナリスが苛立ち気味に部下を叱咤する。

「「「「「「あ、御屋形様だけでどうぞ！」」」」」」

8人いた部下が声をそろえる。

3人は、アームさんにご飯をちらつかせて反応を楽しんでいる。

「うぉ——、この子連れて帰りてー！」

「はーい、リッカあげるよー。あ、お辞儀したこの子賢い！」

「癒される。領主のくせに毎度政務放り投げて奥方に頼りきりの馬鹿殿のお相手より、この子見てた方が癒される」

「「「「「「ああ、言えてるー」」」」」」

アームさんの周りでアームさんのモフモフを楽しんでいた5人も声をそろえて言う。

すっかりお忘れかと思うので説明しておこう。

オルナリスは領主である。

以上。

……ん？　説明になっていない？　……だってさ。このむっさい竜人のおじさん紹介しても面白くないじゃーん。悪魔ちゃんがいい。神様にとっては人間とか悪魔は子どもにしか見えないかもしれないけど、あの出るところ出て引っ込むところ引っ込んでるパーフェクトボデーについて語りたい。あれでイットが手を出さないとか、あいつ付いてないんじゃないのかと疑うレベル！

……はい、やめて恋愛神のお姉様。実力行使に出ないで。

――しばらくお待ちください。世界の声が、天界一の美人さんのお仕置きを受けて……喜んでいます……――


（はぁはぁはぁ……）では、説明に戻ろう。

オルナリスはもともとこの国の人間ではない。

元々長い寿命を持つ竜人として、冒険者としてこの国に流れてきた。

竜人とは手足に鱗を持ち、一見人間の肌をしているが強度は竜の肌に引けを取らない硬さを持っている。

力に関しては人間の数倍と言われている。

また、顔は人間のそれに近く、違うのは角の存在だけだ。

魔法に関しても過去魔法力で飛翔していた文化を持つため、エルフに近い高度な魔法特性を持っていた。

ただ、数が少なかった。

人間との交配も可能だが竜人の特徴が受け継がれることは非常に少ない。

オルナリスがこの国に流れてきた理由は嫁探しだ。

この国に先祖返りで竜人の娘が生まれたと聞き、取る物も取り敢えずこの国に来た。そしてたまたま外出から帰宅した奥方（当時は異形のお嬢様として差別されていた）と出会った。

その後オルナリスはこのコムエンドに住み着き、冒険者として地道に名を上げ奥方に求婚を続けた。

やがて隣国との戦争が勃発した際は、手柄を立てて両親に認めさせようと義勇軍として参加し、最前線に送られるも戦場で数々の武功を立てた。

オルナリスの功績の中でも特筆すべきは、国境沿いの砦をオルナリス率いる1小隊だけで落としたものだ。

まさかの少人数部隊による奇襲で、侵攻の為の重要拠点を失った隣国はほぼ同時に補給路も断たれ、押し返されることとなった。

そして論功行賞の場で褒美を尋ねられたオルナリスは、迷わず奥方を所望した。

この国では有名な話である。王は愛し合う2人を認めるだけでは釣り合わないとして、オルナリスに伯爵位を与え、コムエンド周辺領地を与えた。

本当のところ、オルナリスの武力を国外に逃がしたくなかった国家中枢が、オルナリスを責任ある貴族に封じたのだ。

その後どうなったかというと、子どもを3人もうけたところでオルナリスが耐えられなくなり、ダンジョンに逃げ込んでしまうという事件を起こす。

呆れた奥方は自分が政務をある程度、肩代わりすることでオルナリスに自由な時間を与え、適度にストレスを発散させることとした。

領民からすれば美談の2人だが、仕える部下たちからすると、自由人のオルナリスに振り回される最も可哀そうな人間が奥方だったりする。

「なぁ、今日はやめないか」

「グールガン、お前もか……」

16階層以降の攻略に並々ならぬ熱意を持っていたはずのグールガンが、焼きトウモロコシを食べながらアームさんを撫でている。オルナリスはその光景に項垂れる。

「……アームさん、もうそろそろ本業しなくていいのか？」

「がう？（あれ？　ああ！　もうこんな時間じゃないか！　俺ちょっと本業行ってくる！！！）」

オルナリスの言葉を聞いて恍惚の表情だったアームさんが、ハッと現実に戻ってきて辺りを見回して急いで14階層へ走っていった。

残されたのは満足げなオルナリスと、恨みがましい視線を送る8人の部下たちとグールガン。

「さあ、向かうぞ!!」

意気揚々のオルナリスに恨みがましい視線を送るその他9名。大丈夫なのかと思ったのはマールとサントスだけではなかった。

「ボッ（仲間割れしないといいっすね……）」

モンスターであるワームさんにまで心配されていた。

「で、マール。売り上げは？」

「バッチリよ♪」

マールは金貨を数える手が止まらない。1枚2枚3枚……いっぱーい！　な状況である。

「俺の方は今日は平和だぜ。お、マールそういえば熟成肉はどうする？」

「もらうわ、こっちの保管庫に移しておいて」

そしてマールは夕飯の仕込みを、サントスは在庫整理で過ごすのであった。

夕刻、オルナリスの調査隊は大成果で帰ってきた。

マールはもしかしたら、獲物に自分の料理を食べに来たモンスターも含まれているのではないかと思うと少し複雑な気分になったが、強引に頭を振ることで考えることをやめた。畜産農家の心情に近いのかもしれない。

実際はアユムの野菜を食べたモンスターは、例外なく【知性に目覚め】20階層で共同生活を送っていたのだが……、それもまた謎の事象だった。

「ぷはぁ～～うめぇなリッカジュース。割高だがその価値がある！」

風呂に入りながらジュースを飲み、風呂の縁にもたれかかりながら白髪のドワーフ、グールガンが漏らす。

「うむ、非常に良いな」

ごねにごねてごねまくって、ようやく噂の15階層に来られたオルナリスは共感する。聞いていたアユムのダンジョン作物も美味かったし、ダンジョン内でこんなにもゆとりのあるお風呂に入れる。まさに高位冒険者だけが来られる隠れ家だ。オルナリスは風呂に肩までつかると全身の力を抜く。

「おい、オルナリス。俺ここに住んでいいか」

「いいぞ」

領館よりも広い風呂を堪能し、すっかり上の空のオルナリス。もはやグールガンの言葉は耳に入っていない。

「あー、でも地上にはチカリんがいるな……たまに戻るでもいいかな?」

「いいぞ」

「アームさんもいいが、やっぱりチカリんもいいな」

「いいぞ」

オルナリス帰ってこい！　なんか部下たちがメモしてるぞ！

「この間の子ども服よかったな～」

「いいぞ」

もう手遅れな感じがする。

「あ、そうだここで酒造りもしたいな」

「……貴様天才か！！！」

こうしてオルナリスの私財《おこづかい》を使いダンジョン酒造りプロジェクトが立ち上がった。

おっさんの酒への情熱は、地上の師匠たちも巻き込んで進んでゆくことになる。

「がう（酒ですか。私、興味があります。キリリっ）」

駄猫の酒乱が容易に想像できるので、ご遠慮願いたい。

こうしてダンジョンの夜は更けていくのであった。

☆☆☆

ダンジョンとは神々の創作物である。

世界を管理する超常なる存在、それが神。

神はその形に意味はない。肉にも意味を持たない。出身が熊であれば熊であるし、人間から昇華されれば人になる。その美醜においても在り方が美しいと判断されれば美人であるし、醜いと判断されれば不美人。

では、その美醜はどのように判断されるのか。

簡単である。その存在意義に近い者が美しくあるのだ。故に高位の神ほど美人である。

恋愛神が美しいのは、私心無く世界を構成する生物の恋愛、生殖行為に伴う種の発展分野にて多大なる貢献をしているからである。

では存在意義とは何か。

神は世界の管理を行うもの。世界を安定させ【神々の理想】に近い環境を模索する。

そんな神々が何故ダンジョンを作ったのか？

人間からするとダンジョンとは、モンスターの巣窟だ。

放置すると暴走し、神話に登場する災厄のようなモンスターが出てくる。

害悪としか言えないのではないだろうか？

しかも宝物・素材・栄誉、つまりは人類にとっての欲を刺激する。

往々にして欲に走る人類は害悪である。

つまるところダンジョンとは、欲深い人類を集め誘惑し誘い込んで殺す1次被害。欲深い人類が、関係のない人類を巻き込んで害をなす2次被害。

人間の視点からは害悪にしか見えない。

それが神々の理想だというのだろうか？

無いに越したことはない？

だが、必要だから存在する。

世界創生時、創造神は世界に【魔法】を生み出した。

世界の法則の1つとして、力の流れを作った。構成する要素の1つとして力を作った。

初期段階までは、その世界は非常に安定していた。

新たなる魔法という力を純粋に扱える者が現れ、徐々に知的生命体が現れてきた。それを指して人類と呼んだ。

初めに文明に目覚めた者たちを、人間たちの呼び方で言うと魔族という。

魔族はその在り方が魔法の根源に近く、その根源の力【魔法力】を尊い存在として崇めていた。数も少なく、長く生きる種であったため彼らは神々の想定内で力を使っていた。

次に竜が生まれる。神々から離脱した龍から派生した一族であった。彼らは肉に固執し純粋で残酷な生物だった。彼らも力について神聖視しており、使い方を誤らなかった。

更に龍が竜を作ったのを見て精霊が獣人を作った。獣人はより精神的な存在であり、力について親である精霊と同様に親愛の情をもって接していた。

最後に人間が発生した。

彼らは力を力として認識した。そしてその認識は、短い寿命もあってあっさりと力の使い方を間違え、反省を繰り返し間違いも繰り返した。

神々は人類に教えを与え、神殿を造らせ、魔法を指導するようになった。

人間はそこでまた、間違いを起こす。

同種による個人の利益を求めた争い【戦争】に力を使い始める。

そしてそれは、それまで純粋に過ごしていた他種族にも影響を与えた。


神々が異変に気付くと、世界の安定と逆の力が世界に漂っていた。

原因の究明と対策に追われた神々の目に見慣れぬ生物が映った。世界初のモンスターであった。

当初モンスターは神々が滅ぼしていた。

だが人類が増えるに比例してモンスターも増え続けた。

とある神はこう吠えた。

「もうこの世界は無理だ。破棄すべきだ」

とある神はこう反論した。

「人類に対処させてはどうか。導くことも我らの職務」

神々は、人類にモンスター討伐を命じた。

結果如何で世界を滅ぼすとして。


人類によるモンスター討伐は成った。

だが、それは多大なる犠牲をもって為した成果だった。

人類たちはどの種族もモンスターを避け、世界の果てに肩を寄せるように集まり始めた。

もはや、人類がいる限りモンスターは増産される。そのような状況だった為、あまり意味はなかった。

神々は焦った。このままでは世界を崩壊させるような想定外を生み出してしまう。そしてそれは神々が管理する別世界すら破壊が及ぶのではないかと懸念された。

実際に神々でなければ対応できないモンスターが徐々に生まれだしていた。

そこで生命をつかさどる神が言った。

「人類に力を与えよう。そして我らに連なる者として世界の管理をしてもらおう」

自分の尻は自分で拭けといったところである。

神々はここでレベルという思想を構築した。世界の安定に貢献した分、存在の力を向上させ、逆にモンスターの元になるような行為をしたものは低下させる。

人類は力を得、モンスターを駆逐して行く。

欲に溺れ力の使い方を間違った人類がモンスターを生むが、同じ人類がそれを処理する。

しかし、人類が生存圏を拡張しきれない地方は未だ力溜まりが発生し、神が処理しなければならないモンスターを生み出し続けていた。

そこで神はダンジョンを創世する。

汚れた力である【汚れた魔法力】溜まりからモンスターの出現を待ち、神が見出した人類に処理させる。やがてその人類たちはダンジョンマスターと名付けられた。

ダンジョンとは極小の世界であった。

ダンジョンマスターは神に従属するものとして、神様見習いとしてダンジョンを運営する。

ダンジョンを運営するにあたり、マスターは肉体を捨てる。

私心を捨て世界の為に、モンスターを作り出し殺す。

時間が経つにつれ強力なモンスターを殺し、ダンジョンを管理するために再び肉体が必要となった。

神々はマスターの働きに満足し、管理機能や肉体構成を可能とするコアをマスターに与え融合させた。

ここである優秀なダンジョンマスターがこう考えた。

「人類が生存圏を広げたおかげで、ダンジョンも発見された。ここはひとつダンジョンのモンスターで彼らを強化できないだろうか?」

そのダンジョンマスターは即座に、コアの機能を利用して汚れた魔法力から弱い魔物を量産した。

手狭になったダンジョンを拡張し人類を待った。

思惑通り人類が現れモンスターを退治していったが、時が経つにつれ人が減っていった。

そこで宝物と名誉を与えるとして人を引き寄せた。

その試みは大きな成果を上げ、そのダンジョンマスターは神に仕える者として天界に召し上げられることとなる。

こうしてダンジョンマスターは相争うように、人類を導くダンジョンを作り成果を上げてゆく。

その功績をたたえ神々の眷属《けんぞく》に存在を昇格させる者も増えていった。

しかしダンジョンによる世界管理はダンジョン数増加に伴い、ダンジョンマスターたちの管理が問題となる。人類に迷惑をかけているダンジョンは、身の丈に合わないダンジョンを作り、管理できなくなったマスターの怠慢からもたらされたのだ。

少し話が逸れたが、つまるところダンジョンとは絶滅しかけた人類にとって、この世界で生存し続ける為になくてはならない機能である。

いまだ世界には神にしか対応できないモンスターが存在する。

いや、人類が増えるにつれて増加している。

ダンジョンもまた、進化しなければならない段階に来ているのかもしれない……。

・・・
・・・

はぁ、長かった。語ったよ！　ダンジョンが重要な理由。

人類のみんなもダンジョン見かけたらちょっと討伐に寄ってみよう♪　神様との約束だぞ♪

さて、そんな責任重大なダンジョンマスターを見てみよう。

「酒はまだか！」

「がう（母上どうしたの？）」

「ボウ（聞くな、長くなるぞ……）」


ダンジョンマスターが八つ当たり……じゃなく、仕事で最下層から35階層までのボスを浄化してまわったあと、30階層に2人を呼んで愚痴る。

「もう、神コンなんていかない！　売れ残り扱いしてんじゃねーよ！」

「がう（う、うん。母上奇麗だよ？）」

「あー、アームちゃん可愛い！　……でね!!」

繰り返す。ダンジョンマスターは世界に重要な役割を持っている。

素晴らしい人物である。

「なーにがエリート亜神《あしん》だよ。ぶりっこしやがって。そのうち抜いてやるってーの」

「がう（リッカジュースをがぶ飲みするの勿体ないよ？）」

頑張れ！　ダンジョンマスター！

☆☆☆

ダンジョン8階層に挑む冒険者パーティーがいた。

その日、冒険者は白い影を見た。

この階層では白いモンスターは確認されていない。

新種のレアモンスターかと緊張感が走る。

「撤退するぞ……」

リーダーで魔法使いのアンソンが静かに呟く。

パーティーメンバーは全員頷き後退を始めた。

1歩2歩と下がる。

初めに異変に気付いたのは女剣士のロートラ。彼女は考えるより早く武技を発動した。

大地の構えと呼ばれるカウンター技だ。

ロートラの足が止まったことで、パーティーメンバー全員が異常に気付く。そして急所を守るように構える。

そのとき不意にダンジョンの照明が落ちる。

暗闇は根源的な恐怖を呼び起こし、人間の体を硬くする。その瞬間に襲ってきた。

ロートラは確信をもって技を放つ、そこに来るとの確信を。

キン！

金属と金属がはじき合う音、そして少量の光がともる。

薄く短い時間の光がロートラにその白い化け物を確認させた。

「……逃げることを選択して正解だ……あれが噂に聞く階層主《フロアボス》なのかもしれない……」

緊張の撤退戦は続く……。

ダンジョン脱出まで続く緊張感で、すっかりやつれたアンソンパーティーは脱出後駆け足で組合へ向かい報告した。


「猫型の白いモンスターが現れた」と。


平均レベル20のアンソンパーティーが撤退しかできなかったモンスターが現れた。

この報告によってアユムが作った15階層のダンジョン農園の話に沸いていた冒険者たちは、冷や水を浴びせられることとなった。

ダンジョン都市コムエンドは国内で3番目に大きい都市だ。

だが、王都よりも交易都市エリエフッドよりも発達しているものがある。学問である。

前領主が撒いた学術という種は、特殊技術を持った冒険者が職人として才覚を伸ばし、ダンジョンからもたらされる物資が都市の経済を循環させ、周囲の豊かな農地よりもたらされる豊富な食料が、人々を安心させたこの豊かな都市を下地に大きく花開いた。

学問とは豊かさの象徴である。遥か異国では、平和な時代を迎え国民が望んだのは学問だという。禁書の解禁を求め、街々では数式の難問を解けることが教養として広く浸透していた。

コムエンドでも同じ現象が起こっている。

その為知識が集結する場所、魔法組合は領主からの支援と領民からの、特に成功した商人からの支援を受け今多くの著名な学者を世に出していた。


「だから態々大陸西端から賢者の娘が参加するってことらしいのよ……」

チカリはワインを呷《あお》りながらアユムににじり寄る。

「その賢者の娘さんっていつ来るんですか？」

「明日」

固まるアユムとワインのお代わりを注文するチカリ。

「へ、へぇ、で、その賢者の娘さんっていつ来るんですか？」

「明日」

即答であった。普通に考えれば、賢者の娘なんてアユムでも知っている有名人が来るのだ。警備態勢がもっと厳重であるべきだ。しかも明日であれば、すでに都市全体に物々しい緊張感があるくらいで丁度いいはずである。

しかも賢者の娘と言えば、曰く『勢いだけで国の地形を変えた女』、曰く『魔王に土下座させたうえヒールで踏んでお礼を言われた女』、曰く『龍が群れで現れたが彼女を確認して口笛吹きながらさりげなく逃げていった』などと噂を持つ人だ。極めつきは二つ名『歩く神話級兵器』。つまり触れるな危険な人なのだ。

「……この街滅ぼされませんか？」

直球で聞くアユム。

「あははは、そこまで酷い人じゃないよ。多分」

「多分って……」

不安になった。こういう時に領主様は何をしているのだろうと思ったアユムだが、『ダンジョンで遊んでいる』という事実を思い出してあきらめることにした。

「先方からも『護衛部隊引き連れて転送でいくから過度な警護は不要』って言われてるしね～」

きゃはははと笑いながらチカリは、マスターが持ってきたワイン樽から柄杓《ひしゃく》でワインを掬《すく》って一口で飲み干す。

チカリは酔った様子がないので、アユムはこういう人が『ざる』って言うんだなぁと感心しながら見ていた。『こういう大人にはならない』と心に刻みながら。

「アユムー、お姉さん酔っちゃった♡」

あからさまにしなだれかかるチカリだが、喉が渇いたのか柄杓で飲むのが面倒になったのか、樽を抱えてゴクゴクと喉を鳴らしながらワインを飲む？　……いや、吸い込んでいた。

（誰がどう見ても嘘だ……）

「アユム！」

「はい！」

「実は上の部屋取ってるの♡　介抱し・て～」

アユムはマスターを見る。マスターはわかりやすく手を打つと奥に消えていった。そして代わりにおかみさんが出てきた。

アユムは左を見た。『チカリん♡親衛隊』と書かれた鉢巻をした集団が期待のまなざしを向けている。先日気になった白髪のドワーフ、グールガンもその中におり、サムズアップしたのちに『いけ！　男を見せろアユム!!』とアイコンタクトを送ってきた。

外堀が埋められてゆく。

だがアユムはまだ13歳である。絶体絶命である。色々な意味でピンチである！

しかし、ここで救世主が現れる。

「大丈夫？　チカリん」

「メアリー先生！！！」

「良い酔い覚ましがあるのよ。……すこし背が縮むけど……」

チカリは席を立つと直立し敬礼。

「メアリー先生！　自分、酔っておりません!!」

「そう？　でも酔っ払いはみんなそう言うから心配だわ」

チカリの顔色が、先ほどまでの朱に染まった血色の良いものから青色に変わる。

「上に部屋を取ってるのよね？　折角だし送って行ってあげるわ。……こういう時に試したい薬もあるし（ボソ）」

メアリーは口に手を当て優雅に微笑むと、反対の手でチカリをアイアンクローの状態のまま釣り上げて酒場を離れていった。

ありがとう！　ぼくらのメアリー先生！

この作品を守ってくれて本当にありがとう！

子ども同士の性表現なんてしたら出版できなくなる！　（出来ました）

アユムとこの世界（作品）が守られたところで、物語は翌日を迎える。

尚、チカリん親衛隊はアユムとチカリの清い交際を応援している。

代表が言うには『どこかの馬の骨に奪われるくらいならアユムがいい！　むしろ希望！　いいカップリングだ』とか。彼らは果たしてどこに向かっているのだろうか……。

「いえ、交際してませんよ？」

アユム、親衛隊には気を付けて……。

アユムはチカリの魔手から逃れた翌朝、試作品の作物を手に街中を歩いていた。

コムエンド中心地。噴水公園前広場に今、巨大な魔法陣が描かれていた。

「なんですか？　これ？」

人払いの為に立っていた兵士にアユムが尋ねる。ここだけ非常に厳重な警備になっているし、それを取り囲むように野次馬がたかっている。ちょうどアユムの知り合いである兵士がいたので、人をかき分けて進んでいき聞いてみた。

「お、アユムじゃないか。おおっと、その紐からこっちに来るなよ。来たら逮捕だからな。問答無用で捕まるからな」

「あ、はい」

若くして領主に見込まれて冒険者を引退し兵士になった彼は、笑みを浮かべながらも警告を発する。本気なのだろう。アユムは正確に意図を受け取り、兵士の近くで止まる。

「これから大陸の西端から要人が来るんだとよ。先日使い魔が魔法陣を送ってきたみたいでな……お、そろそろ始まるみたいだぞ」

兵士の彼の言葉通り魔法陣が光を放つ。

目を覆うほどの光量ではない。アユムの目にはしっかりと１ｍ四方の黒い箱が転送されてくるのが見えた。

「箱ですよね」

「箱だな」

少し拍子抜けだった。

野次馬の人数が減ってゆく、そんな中でコムエンド側の魔法使いと思しきローブ姿の魔法使いが箱を運び出し、そこに手を当て何やら話している。

そして警備隊長と思われるヒゲのおじさんが叫ぶ。

「総員魔法陣から退避！　野次馬の行動に注意せよ！　魔法使いは結界を展開！」

警備隊長の言葉が終わると、魔法使いがまた箱に手を当て話しはじめる。やがてまた魔法陣が光を放つ。

先ほどと同様に見られないほどの光量ではない。

しばらくすると魔法陣を中心に、身長190cmほどある白の全身鎧《よろい》の男が現れた。右手に身の丈以上ある大剣を担ぎ、兜《かぶと》を逆手に抱えている。短く切りそろえた金髪と深い紺の瞳。鋭い印象を受ける瞳は歴戦の強者のようだった。

アユムはその騎士に目を奪われていて気付かなかったが、転送魔法陣の光は消えていなかった。

次の瞬間、騎士を中心として次々とそれらは現れた。

初めに4匹の大きめのウサギ。次に全長1m程度の熊。同程度の大きさの狼。虎。狸。狐。総勢100匹を超える【動物】が現れ光が消える。

冒険者以外が見ればモンスターに見える。

騒然とする野次馬。警戒を強める警備隊。

ふとアユムは気付いた。動物たちも中心の騎士も皆、額に同じ鉢巻をしていた。

【クレイマン隊】とそこには書かれていた。

騒然とした空気を収めたのは騎士だった。

「コムエンド市民の皆様！　初めまして。今回賢者の娘アリリィ殿の護衛を仰せつかったクレイマン隊隊長クレイマンです。そしてこちらの動物たちは我が隊員です。皆訓練を積んでおりますのでご安心ください」

クレイマンと名乗った騎士がそう言うと動物たちは整然と、まるで行進するように魔法陣外周へと寄ってくる。異様な光景に野次馬は1歩2歩と退いてゆく。警備兵も初めての事態に緊張から震える。

アユムは違った。彼らの声が聞こえていたからだ。

「プゥ（お、驚いとる驚いとる）」

「にゃっ（ぴょん太小隊長任務中ですにゃ）」

「わん（見られて緊張します……）」

「がう（僕お家《うち》帰りたい）」

ウサギ、虎、狼、熊の小隊がアユムの方に近付きながら小声で話しているのがわかる。

非常に知性的な動物たちのようだ。

魔法陣を守るように配置についた動物たちを横目に、クレイマンという騎士はコムエンドの魔法使いたちと話をしている。

『まだかかりそうだな』と思いながらアユムの意識は目の前のウサギたちに向いた。

ウサギと目が合った。

「プゥ（なんじゃおんどれ？　ワシにガン付けて喧嘩売っとるんか？）」

口の悪いウサギだった。

思わず笑ってしまったアユムは、何となくだが手に持っていたダンジョン作物（ピューレルというイネ科の作物）をウサギの前に出してみた。

「にゃっ（ぴょん太小隊長任務中ですにゃ）」

「わん（怒られますよ……団長怒ると怖いですよ）」

「がう（美味しそう、でも警備隊としては動いたら失格）」

アユムはウサギと目を合わせたままだ。茎を折ってみる。瑞々しい感覚が伝わる。実際にこの作物は砂糖並みに甘い。いや、砂糖以上にと言ってもいい。

「プゥ（おお、いい度胸じゃ。喰うたるわ！）」

「にゃっ（まずいにゃ小隊長！　任務中ですにゃ）」

「わん（俺たちも連帯責任になっちゃうよ！）」

「がう（……もう、無理だと思う）」

賢者の娘の護衛が持ち場を離れ、他人が出したものを口にするというのは問題行為だ。

「プゥ（わかっとるわ！　リィさんが来たらその挑発のったる！　覚えてろ小僧!!）」

そう言い終わるとほぼ同時に魔法陣が再び光った。

アユムはウサギから目を離し、魔法陣の中心を見る。

強烈な光が瞬いた。

それまでとは違った。

激しい光が止むとそこには人影が認められた。

初めに確認できたのは美しい髪だ。水色のロング。輝きを放つその髪にアユムは思わず唾をのむ。

次に吸い込まれるような大きな青い瞳、スッと通った鼻筋を確認する。

小さくも神聖な美しさを感じさせる美人顔だ。彼女をして美人とするのは大陸西部でもそうであろうが、コムエンドがある東部でも同じだ。

その場にいた誰しもが息をのむ。

そして誰かが呟く『女神さまがいらした』。その言葉に誰しもが心の中では肯定した。そして誰もが目を離せない。

光が収まり全身が確認できた。彼女が纏《まと》っている水色の奇麗なローブが風に揺れる。

彼女の右手に握られていた木の杖を軽く振りかざすと魔法陣が再び光り、そして地面に埋め込まれてゆく。

光にあふれた奇跡の光景に、民衆からどよめきが起こる。

しばらく彼女はそのまま静かにたたずむ。そして民衆に向けて微笑んで見せ、大喝采を生む。

「プゥ（こいつ外見にだまされてるな）」

「にゃっ（まずいにゃ小隊長！　リィ様絶対聞こえてるにゃ）」

「わん（俺無関係、無関係だもん）」

「がう（……さぁ、今日のご飯何かな～）」

動物たちの言葉にアユムは我に返った。そして頬を赤く染めて反論する。

「そっ、そんなじゃないよ」

その言葉に動物たちが驚く。

そしてウサギがアユムに近寄ってくる。

本来であればここで兵士が止めに入るのだが、当の兵士も彼女、賢者の娘に魅了されていた。だから止める者はいない。

「プゥ（とりあえず、お前さんの挑戦受けて立つ。よこせや）」

アユムはそう言われて正気に戻る。だらりと下りていた手にかろうじて握られていた、自慢のダンジョン作物ピューレルを握り直ししゃがみ込む。そして、自信に満ちた瞳でウサギに差し出す。

「食べてみなよ」

笑顔である。

「プゥ（まずかったらどうなるか、覚悟しとけや）」

白いウサギがピューレルをその小さな口でついばむ。

口が動く。無言で動く。やがて目を閉じる。

口は動き続ける。

やがてそっとウサギの目が開かれる。

黙ってもう一口食べ始める。そして再び目を閉じる。

周りの護衛たちは、賢者の娘を守るように陣形を取りつつ領主の館へと移動し始める。

ウサギの３口目。もう周りに動物たちはいない。ウサギの部隊はクレイマンに指示を伺い、ウサギを置いて任務に戻っていった。

「プゥ（……俺の負けだ……）」

「……ちがうよ、言わなきゃならない台詞はそれじゃないよ」

「プゥ（ああ、そうか……）」

ウサギはもう一口食べる。そしてやがてアユムの目を見て口を開く。

「プゥ（うまかった。ご馳走様）」

「はい、お粗末様でした」

これが動物最強種ハンターウサギのぴょん太とアユムの出会いだった。

「ぴょん太」

そんなぴょん太に後ろから声がかかる。

美丈夫。騎士クレイマンが立っている。

「少年。君からも話が聞きたいのだがいいかな?」

青筋が見える。アユムに拒否権はないようだ。

アユムは促され領主の館へと連行された。

普通に考えて要人警護への妨害行為だ。罰があるのは当然でした。


賢者の娘が下見に来たこともあり、アユムの地上滞在はアッと言う間に終わりを告げた。

15階層へ帰宅する日を迎え、アユムは現在10階層を進む。


「プゥップゥプゥ～♪」


いつものようにアユムたち一行は和気藹々《あいあい》と15階層を目指していた。

2名を除いて。

昨日賢者の娘が学会の下見に訪れたことを話題に、楽し気に話しながら進んでいる。ダンジョンだというのにピクニック気分に見える。

「本当にきれいな方でしたね……」

「あれで化け物みたいな歳とかじゃねーのか」

「あら、失礼ね。あの方はまだ23歳のはずよ」

「うひょー、女盛りだね！」

「お、アユム。いっちょ前に赤くなってやがるのか？」

「ひゅーひゅー」

「おっし、女についても教えてやるか！」

「ダメよ。アユムはこのままがいいの！　保護欲を掻き立てるの!!」

なんとも平和である。

そんな平和に乗り切れないのが２人。

まず、この人。

「がう（……あの～、頭の上に乗られると……）」

「プゥップゥプゥ～♪」

アームさんは、恐る恐る頭の上に乗って何気なくバランスをとっているウサギに声をかけるも、鼻歌にかき消される。

なぜ、アームさんはこんなにも低姿勢なのか？

「プゥ！　（敵発見！　デストローイ!!）」

ウサギはそう呟くと、一気に加速する。

ぐぎゃあああああ。

遠くでモンスターの悲鳴が響く。

ぺったん、ぺったん、ぺったん
上機嫌のウサギが【風魔法】でモンスターの死体を浮かべながら、緊張感のない足音で戻ってきた。

ウサギは師匠たちの方にモンスターの死体を放り投げると、自分はするするとアームさんの頭の上に収まる。

アームさんに拒否権など存在しなかった。

「プゥっプゥプゥ〜♪」

アームさんの頭の上で歌う白いウサギ。彼は先日アユムと一緒に騎士クレイマンにお説教いただいた、あの最強の動物種ハンターウサギのぴょん太であった。

なぜ彼がここに居るのか？　先日の一件だが普通に考えれば、要人警護を妨害したアユムと任務を放棄したぴょん太。２人とも反省を促すために牢に放り込まれてもしょうがない状況なのだ。領主の屋敷に連れていかれた彼らは、何故そのようなことをしたのかを正直に話す。

その話に一番の反応を見せたのが誰あろう賢者の娘だった。彼女は言う。

『学会当日、再びここに来る。そのときに自慢のダンジョン作物を食べさせてほしい』

そのために人員も貸し出そうと。そう言ってぴょん太を貸し出してくれたのだ。

蛇足になるがクレイマン部隊と賢者の娘は、所属する国が違う。だが、力関係は明白である。賢者の娘が白だと言えば黒も白になる。そんな関係なのでクレイマンが何か言えるわけもなく……。

「プゥ（まじか！　ダンジョン作物喰いに行っていいのか！　ラッキー!!）」

クレイマンもぴょん太本人が乗り気なので、何も言わずにぴょん太を送り出してくれた。

今日から10日。レンタル期間で楽しむ気満々のぴょん太は、アームさんの頭の上で上機嫌に歌い続ける。

「がう（ウサギ怖いよ……）」

ハンターウサギとは何か？　特にアユムたちが住む地方では、冒険者から『孤高の戦士』と尊敬を集める存在である。

なぜか？　それはハンターウサギが村の生活を脅かすモンスターを専門に単体で狩る動物であるからだ。

とある村の救援に呼ばれた騎士団は見た。

剣と盾の武装をした猿型モンスターが、ハンターウサギに為す術なく蹂躙されてゆく様を。

ウサギが軽く鳴くだけで猿の頭が飛ぶ。

中級討伐モンスターをいとも簡単に屠《ほふ》ってゆくウサギ。彼はモンスターの肉を軽くついばむと満足して去ってゆく。

森の平和を守る孤高の戦士。最強の動物種、ハンターウサギ。

それだけであればアームさんが怯えたりしない。

本人には確認していないが、戦闘を見る限りその強さは、アユムたちの知るハンターウサギの枠を超えていた。動物であるハンターウサギのレベルは上がらない。レベル神の儀式を受けられないからだ。

そもそも通常のハンターウサギよりもぴょん太は小さい。

アームさんは戦闘を見るまでもなく、一目見た瞬間に悟った。

存在進化を果たした特別種だと。

ハンターウサギの存在すら超越したぴょん太。それを野性で感じ取って怯えているのだ。

「がう（頭の上は危ないと思うのです……聞いてます？）」

「プゥ（信頼しとるぞ、猫助）」

「がう（アームって名前があるのに……ぐすっ）」

落とさないようにびくびくしているアームさん。少し可哀そうである。

さて、もう1人のノリきれていない人だが。

「おい、セル！　解体するの手伝ってくれ！」

「はい！」

そう元アユムのパーティーメンバーのセルである。

「僕も手伝います！」

セルと並んで作業を手伝うアユム。バツの悪そうな顔で作業するセル。

師匠たちは苦笑いを浮かべながら2人の若者を見守る。

セルがコムエンドに到着したのは、アユムが先日地上に戻ってきた日と同じ日だった。

セルはコムエンドに到着して冒険者組合の酒場でアユムを見つけて、そこで戸惑ってしまった。

情熱だけでここまで来たが、自分にかけるべき言葉があるのだろうか。

その日から、セルのアユムを尾行する日々が続いた。

(今日こそはちゃんと謝罪をするんだ……)

言い出せないで物陰でもだえるセルを、尾行しニヤニヤしている師匠たち。

そんな構図が5日続いた。

耐えきれなくなったのは、セルの師匠であるジロウだった。

音もなくセルの背後に回り込むと、頭を押さえつけてアユムの前に連行した。

そして……。

「アユム。馬鹿弟子がすまない事をした！」

ジロウはセルの頭を摑み強引に頭を下げさせた。

セルの視界に同じくらい深々と頭を下げるジロウが見える。

「すまない。アユム。ごめん。師匠。ごめん……」

セルは摑まれたままの頭に、ジロウの大きな手のひらの熱を感じた。

温かい熱だった。アユムに責められたらどうする。そもそも自分を殺しかけた奴らの一味を許すのか。セルはそんなことを考え、声をかけられない自分が嫌だった。自分が嫌いになると心が冷めて行く。アユムへの罪悪感と言い訳を頭の中で繰り返す。それを冷静な自分が見ていて嗤《わら》う。どんどんと心から熱が失われていく。それを師匠のこの手が劇的に変えた。情けなくて、うれしくて、セルは泣いた。

「セル。お帰り」

アユムの言葉にセルは頭を上げる。泣き顔を見られることなど気にしていない。

アユムはいつものように笑顔だった。セルは……自分の心を縛っていた何かがほどけていくのを感じていた。

「エリエフッドまで行ったんだって？　良い種あった？」

いつものダンジョン作物マニアっぷりに笑いが漏れた。

「ああ、ルームリスのダンジョンまで行ったんだ。土産は何種類かあるぜ」

自然に笑えた。気付けば師匠たちは誰もいなかった。いつもの調子で、いつものように２人は語らう。

「セル。あれ以来アユムを意識してやがるが……そっちの趣味か……」

モンスターの解体を終えてそれぞれ荷物を担いだところで、冒険者組合長のモルハスが真面目な表情でセルに問う。もうちょっと若者の心を察してほしいと切に思うセルと、その一行は着実に15階層へ向かう。

そして14階層。15階層へ降りる階段の前で全員が足を止める。未熟なセルとアユムが何事かと戸惑っていると。

「プゥ（おいおい、いつまでついてくるんだ？　潰すぞ……）」

ぴょん太の殺気にダンジョン自体が反応したように見えた。

彼らが来た道から、すごい速度でダンジョンの照明が消えてゆく。

だが、その現象はアユム一行まで行きつかない。

そう、白い閃光が走った。

アームさんの頭の上で寝転がっていたはずのぴょん太がそこに居た。

全長2mはあろうかと言う白い猫型モンスターを踏みつけ、今しがたダンジョンの照明が落ちたところに。

「プゥ（けっ、骨のねぇやつだ）」

白い猫型モンスターから降りると、ぴょん太は面倒くさそうにアームさんに向かう。

その姿に師匠たちの間に戦慄が走る。

「なんでここでなんだ……」

誰かが漏らす。

「もう少し様子見をすると思ったのにな……」

悔し気に誰かが言う。

「誰かが持って帰って調査しなければならないな……」

そう言うと師匠たちは一斉に彼を見た。

コムエンド冒険者組合組合長モルハスを。

全員の視線を受けてモルハスは自分の後ろを見る。希望を込めて。……誰もいないのだが。

モルハスは師匠たちの方を見ない。見たくない。

「あきらめろ組合長」

「仕事だ組合長」

「大人としての責任だ組合長」

「黙って帰れ組合長」

モルハスが少し涙目になる。そして叫ぶ。

「やだ！」

「こいつ！　駄々コネはじめやがったぞ！　50にもなって大人気ねー」

「落ち着け組合長。社会的責任とか組織的責任とかあるだろ?」

「そうだ。お前が味わうはずだった料理は、俺たちが責任もって味わってやる。安心しろ」

予想通りの反応にモルハスが切れた。

「お前ら！　お前らだって嫌だろ？　目の前に美味しい物食べられるフロアがあるんだぜ？　それを直前で帰るなんて……やだ！」

てこでも動かんと主張するモルハス（50）。

「しょうがない。サラ……お前も一緒に……」

「お断りします。嫌です」

冒険者組合専属冒険者。組合長の護衛であるサラは、それだけ言うと階段を下りて行った。

……組合長の護衛？　護衛ってなんだっけ？

「かーっだめだなこりゃ。しょうがないダルタロスお前がついていってやれ」

いきなり言われたダルタロスは飲食業協会の代表である。今回はダンジョン作物の試食に来ている。

「うん、嫌だ。モルハス、お前は1人でその猫もって帰れ!!」

モルハスとダルタロスは長年、同じパーティーに所属してきた親友である。

「親友でも譲れないものがある……」

ダルタロスの目に本気の殺意が宿る。

結局、『お前ら依頼を出す時はふっかけてやるからな！　覚えてろよ！』と負け犬の遠吠え……もとい捨て台詞を吐いて、モルハスと師匠たちに買収されたサラが、白い猫のモンスターを担いで地上へ戻っていった。

2人を見送りながら誰もが思った。あれはワイルドキャッツが原型になっている、と。

黒猫型モンスター、ワイルドキャッツ。鋭い牙で攻撃。トリッキーな動きで冒険者を翻弄する。

9階層のモンスターだ。

ワイルドキャッツのレアモンスターは白ではない。

彼らを襲ったのが新種のモンスターであることは確かだった。

このモンスターをもって、ダンジョンに確実な変化が認識されたその最初の例となるはずだ。

師匠たちはそう考えながら階段を降りる。

降り切ったあたりですっかり忘れるのだが……。


「よく来た友よ！」

セルをみたサントスの表情が歓喜に沸く。

『助っ人が来た！』と。

「あ、宜しくお願い致します。自分、モンスター素材の査定しますので……」

うん。そうだね。モンスターを捌く手伝いはしないそうです。そこのところどうでしょうかサントスさん。

「うん……そっか……そうだよね……モンスターに配布する食事札、均一だと不公平だしね……」

項垂れるサントスに何かを感じたセルだが、気にしない事にした。

「サントスさん、マールさん頑張りましょー！」

「うん、よろしくね！」

「よろしく……でも……暇なとき手伝って……ね？」

もじもじしながら乙女のような表情で言うサントス（イケメン）だった。

余談だがセルはサントスを手伝う事はなかった。明らかにマールの方が忙しかったからだ。そちらを手伝うセルであった。

「……」

「どうしたのだ、サントス」

「なんで師匠がいるんですか？」

15階層でモンスターを捌く人が増えました。

「ふむ、貴様を励ましてやりに来たのだ」

「本音は」

「チカリがスパルタモードに入ったので逃げて来た。ついでに貴様を修行と称していびりに来た」

「この筋肉ダルマ！！！」

こうしてサントスの作業は遅々として進まないままだった。

「これでお酒造るんですか？」

「うむ。まずはこれから砂糖を作ろう」

ジュルットを豪快にかじると白髪のドワーフ、グールガンは目を光らせて言う。

すっかり馴染んでいるグールガン。

今回は地上から大樽を分解して持ってきている。酒を造る気なのだとか。

その為グールガンは、アユムの許可を得て醸造所建設予定地を確保した。

「そういえば、16階層によさげな木材があったな、取りに行くか……」

白髪のドワーフ、グールガンは顎を撫でつつ師匠たちの元へ歩いて行く。人材確保のためのようだ。

「よっこらせっと」

アユムはジュルットを片付けると、鍬をもって畑を耕しに出かける。

そんな様子をお食事処まーる専属猫ことアームさんは呆然と眺めていた。

活気の出てきた15階層。

そこはもはや何も存在しなかった頃の15階層ではない。

14階層に延びる階段を眺め続けた日々はすでに遠く、アームさんの記憶はいつしかモンスターとして従順だった頃の記憶に薄いガラスをかぶせ、その上に成り立ってい

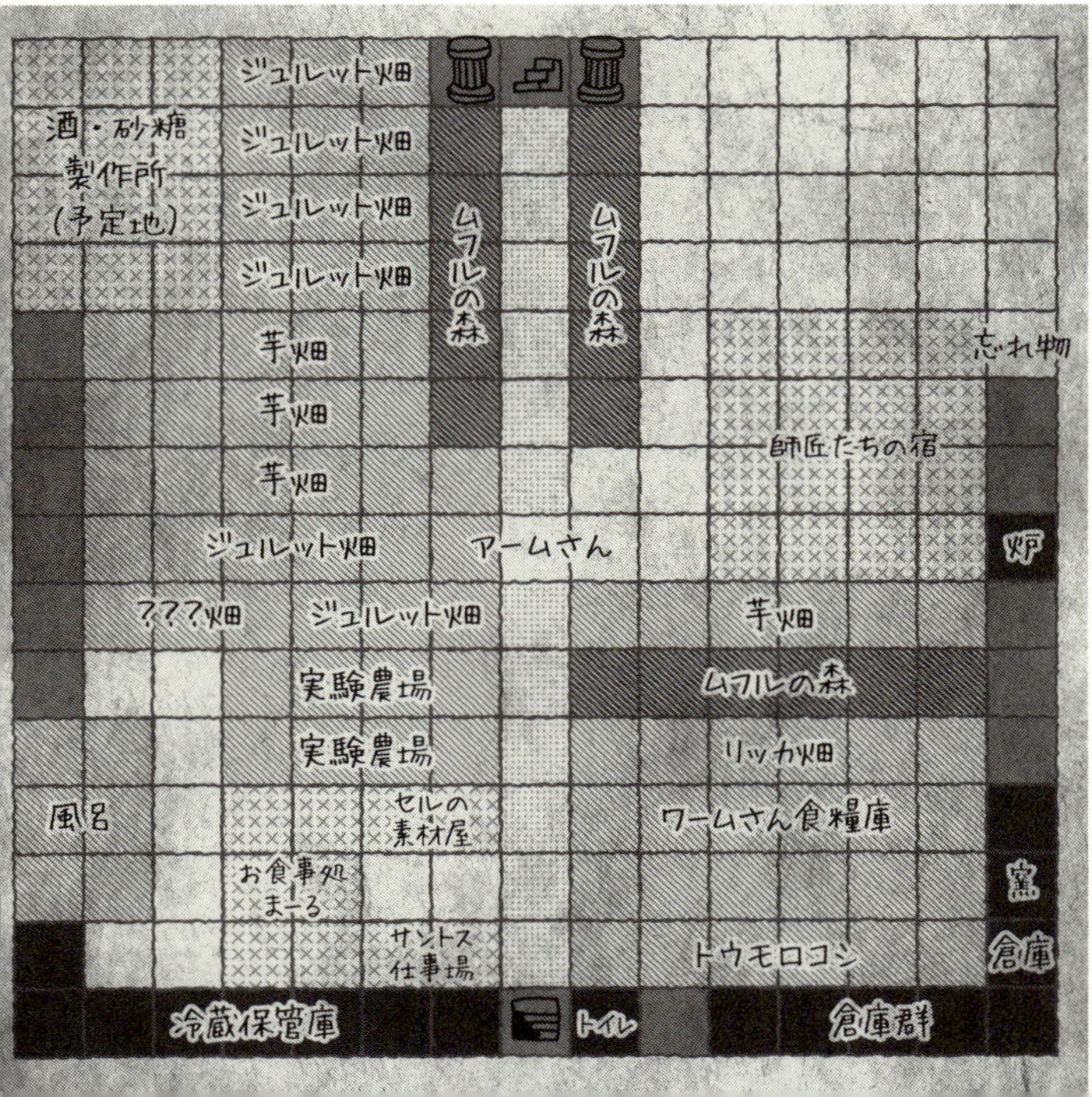

るようだ。

だから……アームさんの意識には常に、モンスターとしての自分が薄いガラスの下に居る。

アームさんとしての自分は、そのガラスの上でアユムたちと戯れている。楽しい。その楽しい時間にガラスの下の自分が吠える。

『モンスターが人間と馴れ合うのか。滑稽だな』

ガラスの下の自分は冷たい瞳、冷たい表情。

いつからだろうか。そいつは白く染まっていった。

アームさんは本来奇麗な赤であり、現実でも赤い毛並みだ。

ほどなくアームさんの支配する階層で、白い猫型モンスターが出てきた。

アームさんは人知れず震えた。

まるでそれは、自分が、モンスターとしての自我が出てきたように思えたからだ。

大事な日常が壊れそうだ。

そう、まるでこのガラスが割れて、全てがモンスターの自分に呑み込まれそうで……。

そう、白い自分に……。

「アームさん。リッカだ」

「にゃあ（師匠！　あんた神様や!!）」

おい。

「にゃにゃぁ～（世界の声がシリアス（笑）やってるけど、世の摂理は1つ！　美味い物こそ正義！！！）」


『がう』からすっかり『にゃ』に移行した駄猫はシリアス先輩を嘲笑してる。

シリアス先輩はさみしそうに帰っていった。

空気の皆さん毎度申し訳ございません。うちの駄猫が……。

☆☆☆

先輩としてセルに指導するサントスの一部始終を見てみよう。


「農場管理も俺たちの仕事だからな」

「え？」

固まるセルを横目にサントスは死んだ魚の目で語る。

「大丈夫。大事な作物育成管理は権兵衛さんがやってくれる。難しい事はないさ、あははははは」

「サントスさん！　帰ってきて!!　現実見て!!」

抑揚のない笑い声をあげるサントス。未来の自分の姿に戦々恐々とするセル。

「男ども働け!!」

「ボッ（だから従業員紹介するって言ったのに……）」

ダンジョン農家！は健全な労働環境を提供しています！

興味を持った人はさぁ、一緒にダンジョン農業！

「衣食住保障の楽しい職場さ、あはははは」

「サントスさ――――――ん!!」

11話「にゃあ♪」

★重要事項★
お話を読む前に今15階層に居る人たちを確認しよう！
アユム：主人公。命を繋ぐ仕事という意味での農業が好き。マイペース。
アームさん：モンスターの駄猫。最近**『にゃあ』**とか言ってる。あざとい。
ワームさん：草喰いねぇ！　土喰いねぇ！　農家の味方のモンスター。
ぴょん太：弟子以上師匠未満。捨て犬がいると拾ってしまう男（ウサギ）。
マール：女性料理人。サントスが仕事しなくてイライラがたまっている。
セル：アユムが気になるけど素材屋が忙しい。サントスが仕事ためまくったからだ……。
サントス：筋肉ダルマがうざくて仕事が進まない。
ダルタロス：飲食業協会の代表としてダンジョン作物を試食中。値段交渉したくてたまらない。
ジロウ：ダルタロスと色々と黒い商談をしている。直接交渉？　ふふふ。
メアリー：女風呂改修中。覗きは死刑。

ギュントル：サントスの筋肉にダメ出しをして技を授ける。チカリの怒りゲージがＭＡＸになっている気配を察し、観念して自首するために15階層を離れようとしている。
他師匠５名：村を拡張中。
グールガン：酒を造るドワーフ。アームさん好きでチカリん親衛隊№37

☆☆☆

アームさんは決意を固めた。

「がう（ニート卒業宣言！）」

「ボッ（まさか！　そんな喰っちゃ寝以外仕事らしい仕事していなかった大将が役に立とうというんですか!!）」

驚愕するワームさん。

「がう（まずは収穫のお手伝いをする！！！）」

バキバキバキ
「ボッ（お早いお帰りで……）」

「がう（一仕事終えた後のリッカジュースは染みるぜ～）」

「ボッ（……えー、トウモロコシ8本ぐらい踏みつぶして、アユムんに怖い笑顔で怒られてませんでしたっけ？）」

ワームさんの言葉に視線を外すアームさん。

「がう（今度はムフルの木の剪定《せんてい》だ！）」

「ボッ（え～ニートの方がフロアの為のような……あ～、行っちゃった）」

バキバキバキ
「ボッ（お早いお帰りで……）」

「がう（一仕事終えた後のリッカジュースは……ひぐっひぐっひぐっ。俺だって役に立ちたいんだ!!）」

「ボッ（……大将は家主なんだから、どんと構えてていいんっすよ？）」

いつもなら楽な道を選ぶアームさんだが今日は粘るようだ。

「がう（アユムお仕事頂戴♪）」

「アームさん……仕事か……」

色々ある。だが、専門性が高いものが多くお任せできる作業は……。

アユムがマールを見ると、マールは状況を確認して頷く。

「No.1入りまーす！」

「にゃあ」

「マスター！　アームさんにトウモロコシ1本入れてくれ」

「にゃあ～♪」

はい。適職がありました。

豪快に金を払うグールガンにおねだりをするアームさん。

先日よりこっそりと『お食事処まーるinモフモフ』と店名が変わっているが、モフモフとはアームさんの事だ。

「ボッ（アユムん……大将がフロアボスって覚えてます？）」

「うん、辛うじて」

笑顔で言うアユム。事実でも笑顔はいかんと思う。

「ボッ（アユムん……大将最近『にゃあ』とか言ってますけど正直きもいです）」

「う～ん、僕としてはかわいいと思うけどなぁ」

笑顔のアユム。他意はない。

「がう（可愛いとか言われた♪）」

「マスター！　アームさんにリッカジュースを！」

気を引こうとやっきになる上級冒険者。万能ゆえに孤高の冒険者グールガン（26）。意外と若かった。

リッカジュースが運ばれてきたが、アームさんは照れて気が向いていない。

その注意がジュースに向くまでの一瞬の間に、グールガンはジュースに薬を溶かし込む。

アームさんは本気で照れている様子で、それに気付かない。

結局その後何事もなく夕食を迎え、アユムは恒例の暗闇修行、その間にグールガンがアームさんをお風呂に入れる。

アユムの修行風景に思わず腰を抜かしたセルの肩をジロウが叩き、そしていい笑顔で『お前もそろそろいい時機だな』と言われ、セルの悲鳴がフロアに響き渡ったが、きわめて平和に1日が過ぎた。


その翌日。

ギュントルが1日という約束での滞在期間を終え帰宅する朝。

権兵衛さんとアユムが早朝作業を始めたその時。

15階層に　白い魔獣　が現れた。

白い魔獣と目があった。

アユムはそれが何なのかを直ぐに悟った。

権兵衛さんが咄嗟に止めに入るも、アユムはそれを手で制して白い魔獣に近寄る。

１歩近寄る。

３ｍほどある巨体のそのきれいな毛並みが元の赤色に戻り、目の色も赤に戻る。

更に１歩近寄る。

毛が、目が、白く染まる。そして通常のモンスターのように人類への殺意に染まる。

そのモンスターはまるで明滅するように赤と白を繰り返していた。

赤は悲哀。

白は殺意。

不安定なモンスターは不安定な表情を繰り返し、アユムが牙の届く距離に近付こうとすると、モンスターは赤い状態で逃げるように16階層への階段へ駆けだす。そして白に変わって振り返る。

がぁおおおおおおおおおおおおおおおおおおおおお！

怒りをはらんだ咆哮。

それでもアユムはアームさんから目を離さない。

いつものように見詰める。

手に持っているのは使い慣れた鍬だけ。

凡そ武器と呼べるものは手元にない。

アームさんはクレイジーパンサーという種族のモンスターだ。

全長３ｍを超える豹だ。美しい毛並みと鋭い瞳。警戒の為、半ば開かれた口から垣間見える鋭い牙が、肉食獣であることを、捕食者であることを本能に伝えてくる。何よりこのモンスターの恐ろしいところは、水魔法を自在に操ることだ。水魔法で相手の行動を阻害し、高速移動で相手をかみ殺す。単体最強に属するモンスター。そのモンスターとしてのアームさんが今、アユムと対峙している。

豹変、という言葉がある。

豹の毛が見事に生え替わる様を指して、大物（豹）は過去の過ちに気付き、態度や性行を即座に変えることができる事を指している。本来良い意味の言葉だ。

今のアームさんの事を指す言葉だ。

アユムと出会い明確な自我を持ち、知性に目覚め、穏やかな生活に満足したアームさんが一変する。モンスターらしい、階層主らしい人類の敵としての本能に、本来あるべき姿に一転して戻る。

アームさんはバネのようにしなやかな筋肉を弾けさせアユムへ向かう。

白いアームさんはアユムを敵と捉えて猛る。

反射的に逃げるように横へ転がるアユムの視界に赤と白の激突が映る。

それはまるでアームさんの心の中の対決のように見えた。

「しぶといな。早く俺のモノになれば楽になれるというのに……」

白。白髪のドワーフ、グールガン。

赤。15階層階層主アームさん。

拳と額が衝突し一瞬停止したグールガンを水の檻が囲う。アームさんの水魔法だ。

全方位からの水の刃がグールガンを襲う。

グールガンは全身に魔法力をまとい、それらに抗う。

水圧に押され、さらに体が硬直しているように見えるグールガンをアームさんが襲う。

水の檻の間からアームさんの牙が肉薄する。

危機的な状況のはずだ。だがグールガンに笑みが浮かぶ。

「ぐるっ」

屈辱的な鳴き声を上げ、アームさんはアユムの元へ飛んだ。

肉を斬る音がアユムの耳元に届く。アームさんに押し倒される形で転倒するアユムは、生暖かい血を大量に浴びていた。そう、アームさんが負った傷から噴水のように湧き出した血を。

ヤレヤレとばかりに余裕の足取りで近付くグールガン。

「おいおい、邪魔するのかい？　ハンターウサギともあろうものが」

「プゥ（あぁ？　誰に向かって物言ってんだ？　この卑怯者が）」

風を纏い空中に漂うぴょん太が、グールガンを風魔法でけん制している。

「ここは俺が時間をかけて仕込んだ結界の中。わかって行動してるか？　モンスターの天敵ハンターウサギよ？」

「プゥ（知ってんよ！　その程度のハンデ覆してヤンよ！）」

「くくく、強がってるのかな？　でも強がってはいても『アユムの師匠たちの加勢』を期待してるな？」

内心ぴょん太は冷や汗をかく。その通りだ。あのいかれた実力を持つ達人たちだ。すぐに加勢に来てくれると、自分はけん制していればよいのだと、ぴょん太は計算していた。

「来ないぞ？　いや、来れないぞ、が正しいな……。お前たちは油断しすぎたんだ。ここはダンジョンであいつらはモンスター。俺たちは冒険者だぜ。この16階層につながる階段がある場所に、『敵対者の行動を阻害する』結界ぐらい張っておいて何の違和感がある？　それが敵対者の魔法力を利用してはじき出す結界だったとしても違和感はないよな？　見ろよ、結界の外を。単純だが強力だ。この結界はな、『俺より強いものは入れない』結界でもあるんだよ。護身用の結界だけどな。冒険者には必須だろ？」

師匠たちが結界の外で強力な術を放っているが、ことごとく反射されている。

「……」

にじり寄るグールガンに、じわじわと押されるぴょん太。

「つまり、お前がここに居るという事は俺より存在の力、レベルが低いってことだ。しかも敵対してるから結界の効果で行動阻害付きだ」

「なんでこんなことするんですか！」

つたない回復術をアームさんに施しながら、下唇をかみ切る勢いで必死に耐えながら聞いていたアユムが叫ぶ。

「……俺の名前はグールガン。孤高のダンジョン殺しグールガン。職業は魔物使いだ。人類に優しい冒険者だぜ」

グールガンは決め台詞のように言い終わると指を鳴らす。

アームさんを治療していたアユムが羽交い締めにされる。

「ボウ（……すまない。アユム……）」

紋りだすような権兵衛さんの悲痛な言葉が、耳元から漏れ伝わってきた。

「なぁアユム。なんで邪魔するんだ？　俺は正しくダンジョン攻略をするだけだぞ？　そして俺は魔物使いだ。モンスターを使役する職業だ。そんな恨みがましい目で見られると悲しいな」

「プゥ（惑わされるな！　何かを狙ってやがるぞ）」

動いたのはアームさんだった。白ではなく赤い状態でゆらりと立ち上がるとアユムに近寄り、

「がお（アユム、さようなら……楽しかった……）」

アームさんは小さな声で囁くと、ふらつく足取りでグールガンに立ち向かう。

アユムが伸ばした手は、アームさんには届かない。

「プゥ（薬で惑わされ、傷でボロボロ、そんな野郎が何しに来やがった？）」

「がう……（……アユムの事を頼む……）」

グールガンは依然動かず彼らを見守る。ぴょん太はアームさんの決意に押され渋々後退した。

「がうぅ！（すべてがお前の思惑通りだと思うなよ！）」


アームさんはグールガンの反応を待たずにソレを解き放った。

ずっと恐れていたモンスターとしての自分。

ずっと目をそらしていたモンスターとしての可能性。

変化が心に表れる。

人類への怒り。恨み。まるで行き場のない感情が心に流れ込んでいるようだった。

アームさんはそこで、自分がアームさんではなくなったことを理解した。

アームさんがそっと流した涙は、心の涙かもしれなかった。

次の変化は体に表れた。

体が少し縮小するのがわかる。白い光に包まれて背中から熱があふれてはじけ飛ぶ。


がおおおおおおおおおおおおおおお！


15階層にキャットドラゴンの咆哮が響き渡る。

純白の毛皮に天使の羽をもつ猫型ドラゴン。鈍重なドラゴンに比べて俊敏に動き、各種魔法を操り、強力なブレスを吐く。35階層の暗黒竜にも劣らない強力なモンスターがそこに現れた。

「やっと堕ちたな！　可愛い俺のモンスターよ！　さぁ、ご主人様にその可愛い顔を見せてくれ！」

グールガンはキャットドラゴンの顔を見た。超至近距離で。気付いたときには16階層の階段わきに設置された門柱に叩き付けられていた。

追い打ちをかけるようにキャットドラゴンはブレスを吐き出す。

白炎が瞬き強烈な光がフロアを覆う。

そのブレスを辛うじて右手で防いだせいで焼け焦げ、苦笑いを浮かべるグールガンを横目に、キャットドラゴンは16階層への階段を降りてゆく。まるでここから逃げるように。

まるで、アユムから逃げるように。

「くっふふふ、もうひと押しだ。素晴らしいモンスターが手に入る。ああ、今行くぞ」

グールガンはキャットドラゴンを追って階段を降りて行った。

自分も後を追おうとするアユムを押さえ込み、権兵衛さんが結界の外へ、師匠たちの元へアユムを連れてゆく。


「くそおおおおおおおおおおおおおおおおおおおおおお！」


自分の命が危機に瀕しても出なかったアユムの激情が声にあふれる。

叫ぶだけ叫ぶと、アユムは糸が切れた人形のように意識を失った。

メアリーの魔法で眠らされたのだ。

そして彼らは各自苦々しい思いを抱えながら、主を失った15階層を離れていくのだった。

12話「対策の為の対策会議をしよう！」

アユムはメアリーの診察室で目を覚ました。

胸にぽっかりと穴が開いたような喪失感。目から流れる涙は止まることを知らない。

「アームさん……」

思いが声に出る。

「がう（呼んだ？）」

診察室の窓から白い猫の顔が入ってくる。

それはキャットドラゴンと呼ばれる種類のモンスターだった。

アユムは涙を拭いて、頬をつねる。

痛い。

そして恐る恐る尋ねる。

「アームさん？　……」

「がう（呼んだ？　……ていうか、美人になりすぎて気付かなかった？　えへへ、きれいすぎるっ

ていうのは罪なものだ♪)」

ああ、この駄猫感、15階層のフロアニートことアームさんだ。

「アームさん！」

体を無理やりに起こして、アユムはベッドを降りる。

膝が笑っている。力が入らないからだ。

それでも窓へ進む。そして飛びつく。

「夢じゃない。なんで？　どうして？　サヨナラとか恰好付けちゃったくせに！」

泣きながら笑顔で怒る器用なアユムの言葉は、読者諸君の思いでもあろう。

そこからアームさんが語る。ゆっくりと。

「がう（うん。なんかダンジョン作物のおかげらしい！　アユム凄いもの作ってたね!!)」

「がう（まずね。あのストーカーから逃げたの)」

「うんうん」

アユムは嬉しすぎてアームさんから目を離せずにいる。

「がう（逃げた先に母上がいてね)」

「うんうん」

「がう（地上に転送してくれたんだ♪)」

「うんうん……うーん？」

アームさんの頭に見覚えのある手が落とされる。チョップだ。

「ボウ(端折《はしょ》りすぎだ……)」

「あれ? 権兵衛さん!?」

「ボウ(アユム、起きたか。これから忙しくなる。もう少し休め)」

アユムをお姫様抱っこするとベッドに戻す。

「ボウ(まず何から話すべきか……)」

権兵衛さんはベッドサイドに腰を下ろすと、アユムの頭をやさしくなでて語りだした。

「ボッ! (大将! 地上の土も中々の味でしたっす)」

「がう! (ハインバルグ師匠の本気料理もうまかったぞ!)」

チャラ虫と駄猫がはしゃいでいる。ダンジョンモンスターの地上への修学旅行みたいなノリである。

「ボッ! (マジっすか! 師匠の料理で出た野菜の切れ端とか頂きたいっす!)」

「がう! (知ってるか? 海っていうでっかい池があって、そこから魚っていう肉と海藻っていう草がとれるらしいぜ)」

「ボッ・がう(地上って天国なのかもしれない!)」

はいはい、よそのモンスターに喧嘩売りに行かないでね。ダンジョンモンスターの引率者はだれだ! 責任もって駄猫とチャラ虫管理しろ!

「ボウ（……うるさい、殴るぞ）」

「ボッ・がう（殴ってから言わないで……）」

大人しくなった２人を置いて権兵衛さんは語る。

まずは、アームさんについてだ。

そもそも、昔からアームさんは自分が狂う事を恐れていた。

今回グールガンに嵌《は》められたのも、その不安から付け込まれたものだった。

進化の秘薬と呼ばれる魔物使いに伝わる秘薬がある。

グールガンはその秘薬を食事に混ぜ、接触で塗り込んでいた。

そして進化後の不安定な精神に魔物使いのスキルで魅了《ティム》し、モンスターの自由を奪い武器に変える。

アームさんは、アユムとの生活で得た自我が不安定なことを知っていた。そして進化することで完全になくなると思い込んでいた。

事はグールガンの思惑通り進んだ。だがアームさんは最後に意地を見せた。絶対に負けない、と。自我を得て、経験を積んで、心が強くなっていた。

一時の間だけは自分を失わない。アームさんはそんな自信を持っていた。だからこそ自ら進んで自己進化を望んだ。

モンスターの自分を、モンスターとしての可能性を受け入れた。そして進化して尚、意思を奪われず、グールガンに一泡吹かせてみせたのだ。

そしてモンスターになる自分をアユムに見せたくない一心で逃げ出した。やがて16階層を走り抜けたアームさんは気付いた。キャットドラゴンに自我が定着していることに。

アームさんは考えた。今更戻れないと……。

今の自分でも、あのグールガンと正面からやり合っては勝てないと。

考えて考えた結果、彼は母に頼ることにした。そう、ダンジョンマスターに。

「ボウ（で、撤退準備をしていた我らの前にこいつが転送されてきたという事だ。そして全員そろって撤退してきたのだ）」

そこで権兵衛さんは話を切った。

アユムの理解がいっぱいいっぱいになっているからだ。

「ボッ！（ねぇねぇアユムん！　ハインバルグ師匠の所に行こうっす！）」

「がう！（魚！　魚！　が俺を呼んでいる!!）」

権兵衛さんは思わず苦笑いを浮かべる。

今のアユムには、この能天気なモンスターを見せていたほうがいいのかもしれない。

「ボウ（ふむ、アユム。メアリー女史を呼んでこよう。しばしまて）」

「え、でも。話せないし……」

「ボウ（ふふふ、文字で可能だ。サントスに言葉を教えてもらったからな）」

権兵衛さんはそう言うと病室を出ていった。

「がう（魚！　魚！　魚～、魚をたべーたいー）」

「ボッ（昆布もつけてね！　海藻も！）」

楽しそうに歌う駄猫とチャラ虫。

アユムはホッとする反面、彼らを失いかけたことが悔しくて胸が痛かった。

強くなりたい。

アユムが初めて感じた感情だった。

グールガンに言われて初めて思い出した。

あそこはダンジョンだった。

アユムは1つの強い意志をもって、メアリーを連れてきた権兵衛さんと駄猫とチャラ虫の5人でハインバルグの店へ進む。

「プゥ（猫、頭借りるぞ）」

途中ぴょん太がさりげなくついてきた。

ダンジョンに戻る為に、今は英気を養う一行であった。

コムエンド市民御用達の湯屋がある。いわゆる銭湯だ。

豪華絢爛な複数浴場を持つ施設ではなく、大き目の浴槽が1・5mほどの深さで真ん中に設置され、周りには桶が置かれていて洗ってから入浴する。少し熱めが好まれる市民の憩いの場である。

「でだ、どうやってあのドワーフをとっちめるかという話だが……」

ランカスを中心に語り始める。60を超えたドワーフの割に鍛え抜かれた筋肉が存在感を示している。

「我らのうち誰か1人でもいれば問題ないだろ?」

熱さに堪《たま》り兼ねて、師匠たちの中でも若手(40)で百拳の異名をとる元格闘家フェルノ、現パン屋(婿)が浴槽の縁に腰掛け、足先だけ湯を楽しみながら言う。

「ふむ。それだともし、16階層以下の魔物をまとめて魅了《テイム》してきた場合、15階層で抑え込めなくなるしな……」

「だが我らとて仕事がある」

そう。今までは各職人原材料調査などの名目で滞在可能だったが、その素材を取得できる15階層が今、グールガンの結界に侵されている。14階層側までは侵食していないが16階層側の、特に手を入れている畑や食事処まーる、素材庫、風呂などが使用不能だ。

「だな、しかもあの対モンスター用の結界を対人向けにも転用しているとはな……ソロ冒険者の極みというやつか……」

グールガンが仕掛けた結界は2種類ある。

1つ目は強者よけの結界。これに関しては、術者の存在の力(レベル)を超える強者が侵入できないようにする術である。この結界は変に弱者も弾く仕様にしていない為、強固な結界になっている。そもそも強者の力を転用しているので保持コストも低く結界の破壊も困難である。通常はモンスターのみに対する機能で、人に対して機能させる結界は高額な魔石が必要な上、届け出も必要となる為、利用する者がほぼ存在しない。

2つ目は弱体化の結界。これに侵入した者に、外部魔法力が反作用して行動を阻害する。魔法には反応しない。これも通常モンスターのみに対する機能で、人に対しては高額な魔石が必要となる。その為、利用する者がいない。

15階層は、上記結界の二重設置である。設置したのがソロ冒険者で有名なグールガンという事もあり、非常に困難な仕様となっている。ソロ歴が長いという事もあり、ダンジョン内では対冒険者への警戒が必要とされてきた。つまり研究を経て完成度が高い結界という事なのだ。

一言で言って非常に面倒である。

「置いてきた使い魔によれば、昨日18階層の魔物を3体連れて戻ってきたそうだ。結界装置は、結界外からの魔法攻撃を警戒して地中に埋め込まれているようだな。柱と大地に手を当てて魔法力をチャージしているとの事だ」

熱いのが苦手なのに無理をして張り合っているギュントル（ゆでだこ筋肉）が、現状を報告する。

「あそこは食料が豊富だからな……風呂もあるし快適ダンジョン攻略ってか」

ジロウが忌々し気に呟く。折角用意した弟子の店を1日で奪われて、ご機嫌斜めである。

「がぅ（あのお湯熱い。きっと熱い。確信を持って言える熱い。だから入りたくない）」

アユムはアームさんをセルと一緒に洗いながら、そんな発言を聞いている。なんだろうかキャットドラゴンになって真面目な顔をしながら、そんな台詞を吐いている。それは師匠たちの話の流れに何気に乗っているような印象を受ける。

「アームさんも嘆いている様子だな……」

勘違いです。

「がう……（セル……そこもうちょっと強く……アユム。こいつつかえなーい）」

駄猫だまれ。

「任せろ！　アユムとお前の場所は必ず取り戻してやる！」

「はい、アームさん流すよー」

「がう（温《ぬる》くして、思いっきり温くして。振りじゃないよ熱湯嫌だよ）」

アユム。もう氷水掛けていい。

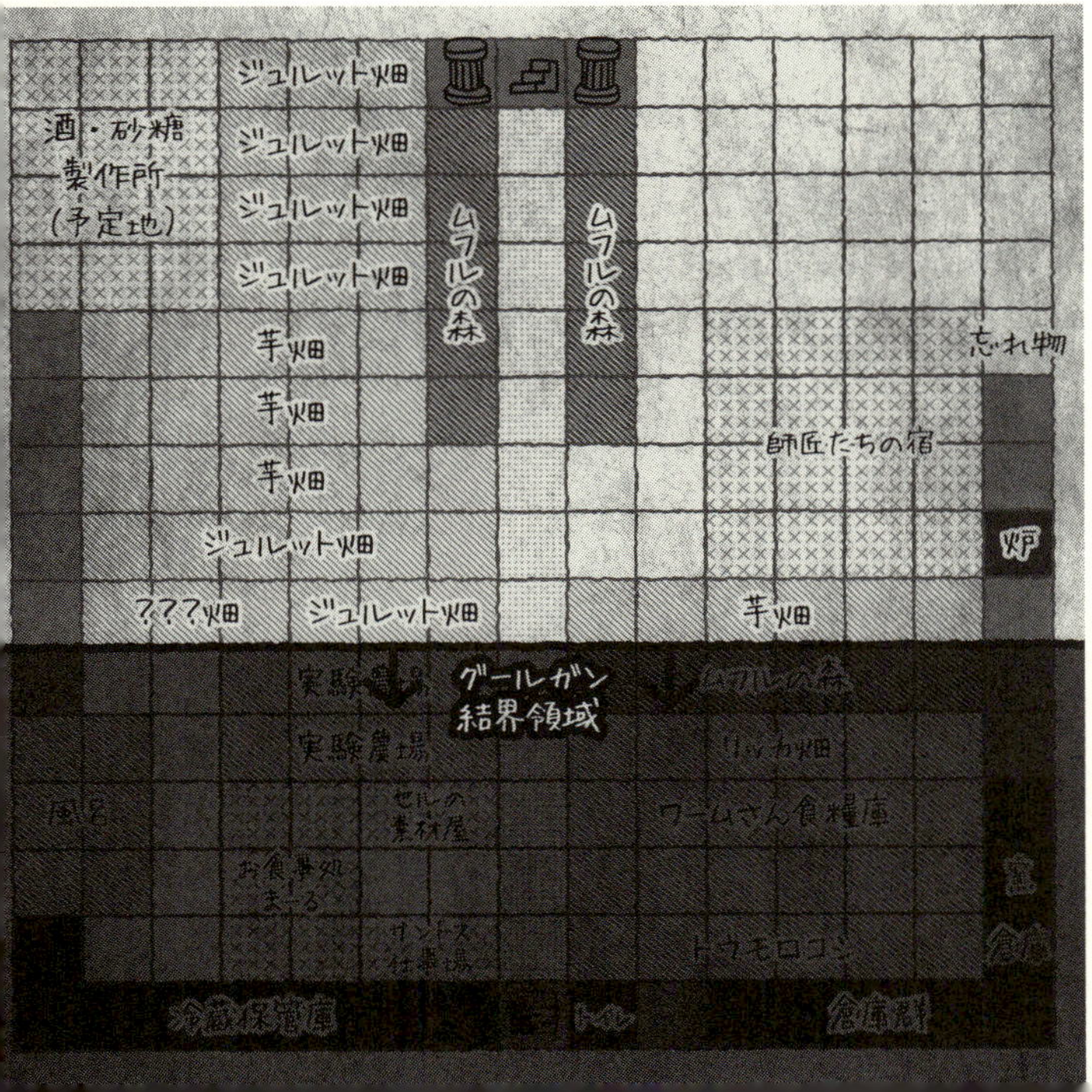

「しっかし、アームさんこれだけ擦っても抜け毛ないんだな……」

アユムが温めのお湯でゆっくりとアームさんの泡を流していると、セルが流れるお湯に毛が含まれていない事を発見し、感心しながら呟く。

「うん。だから15階層でも同じ浴槽に入れたんだよ。ということでアームさんお湯に入るよ」

「がう（だが、断る！）」

「うん。はいろーね」

「がう（アユム！　アユムの笑顔が少し怖い!!　わかった10数える。10になったら出る）」

アユムに引きずられて、渋々湯船に向かうアームさん。

「アームさん。見なよ。権兵衛さんはあんなにも堂々と。しかも師匠たちの中で馴染んでるんだよ？」

アユムが指す方には、手拭いを頭に乗せ熱めのお湯を堪能する権兵衛さんがいた。

肩まで浸かって目を細め、口が緩んで魂が抜けだしそうな顔をしている。

「ボウ（筆談できるようになったのに。会議をこんなところで行うとは思わなんだ。だから俺は楽しむことにした。アームよ。湯上がりに火照った体で食べると食感が変わって面白いかもしれぬぞ。特に冷たい飲み物をキュッとな……。想像してみるがいい、十二分に温まった体。心地よい風に吹かれて涼む中、そっと出される冷たいジュース。十分に体を温めた者だけが味わえる喉越し。俺は酒がいいな……）」

アームさんの喉からつばを飲み込む音がする。先ほどまでイヤイヤだった表情が一変する。まるで聖戦に向かう騎士のように使命感を帯びた表情で湯に浸かる。

キャットドラゴンが湯に浸かることで大量の湯が流れ出す。現在、師匠たちによって貸し切りの湯屋なので迷惑にならない。少しばかり湯がもったいないが、そこを責める者はいない。一昔前であれば激怒される行いだが、現在はさほど問題ではない、魔法でお湯を生み出しているのだから。

「がう(1〜、2〜、3〜、4〜)」

「アームさん。こっちこっち。首まで浸かると熱いよ。少し縁に体乗せると楽になるよ〜」

「がう(そっち行く〜。えっと、1〜、2〜、3〜、……)」

お約束のように10まで数えるアームさんが都度都度邪魔されて結局最後まで入っているのだが、それはそれである。

「とりあえず。15階層の結界対策をしないとな……モルハス、冒険者組合から調査員を出せるか?」

「もちろん出せるさ。このダンジョン都市で、ダンジョンを殺そうとしてる奴が先行してるなんて放置できないからな」

結局色々な話が上がったが、とりあえず冒険者組合が動くこととなり、お風呂を上がった。

湯上がりの休憩所。40畳はあろうかという畳敷きの間で各自だらけ始める。

アームさんはキンキンに冷えたオレンジジュースに舌鼓を打ち、権兵衛さんはエールを頂いている。つまみの豆も出され、そろそろ肉、そして宴会に発展しそうである。

「……」

「……」

そこで1人と1匹が運命的な出会いを果たす。

チカリは、夢遊病患者のように浴衣姿でアームさんに近付く。

アームさんはゆっくりと上半身を持ち上げると、チカリを見下ろす。

差し出されたのはチカリの右手…………………に握られているあたりめ。

アームさんは潤んだ瞳でそれを見つめる。そしてゆっくりと顔を降ろしチカリからあたりめを受け取る。咀嚼する。強烈な磯の香、芳醇な旨みと十分な歯ごたえ。そしてオレンジジュースを飲み込む。

ぷはぁ。

誰もがその吐息に注目した。皆その様子に心を奪われる。

アームさんはチカリに頬擦りすると無言で背中を見せる。乗れと言っているのだ。

チカリは躊躇しない。天井の高い宴会場としても使われる休憩所で、チカリはアームさんにまたがる。

後日この様子を見ていた宮廷画家アルホースが、王宮献上用の絵画として描き上げた。

その後数百年に及んで国宝として飾られることになるそれは、タイトルにこう記されていた。

『幼女と聖獣』

献上した後チカリが王宮に来ない事を願い続けたアルホースだったとか。

そしてその後、宴会があった。

「酒よ！　酒を持ってきなさい!!」

「がう（海産物よ！　海産物を持ってきなさい!!）」

3時間後。魔王《メアリー》に捕縛されるまで2人は暴れるのだった。

——翌朝

早朝、ダンジョンに向かった権兵衛さんが、ほどなくしてダンジョンマスターからの手紙を携えて帰ってきた。

マスターの手紙は簡潔に言うと以下の通りであった。

『兵糧攻めが良いと思う』

「ボウ（母上からの指示だ）」

「がう（なぁ、俺『にゃあ』と『がう』どっちが似合うと思う？）」

「ボッ（それよりもチョーやべっす。街の外でチョーイケてる娘をみかけたっす）」

手紙の事が師匠たちに伝わるまで、しばらく時間を要した。

「本当か？　この内容」

手紙を受け取ったランカスは隣に座るシュッツに手紙を渡すと、権兵衛さんに問う。

『何か別なものが、我らの遥か上の方で権力が動いているようだ』

権兵衛さんがそう紙に書いて伝える。

「お前さん、これをアユムに見せずに持ってきたのはいい判断だったぜ。そうかもとは思ってはいたがグールガンの奴、アユムを拉致することも目的だったとは……」

『しかし、拉致した後どうやってあの場から逃げ出すというのか……』

「グールガンは単体では俺らより弱い。お前たち《モンスターたち》も同じだ。数で押すと言ってもたかが知れているしな。……つまり、奥の手があるという事か……」

『確証はないがな……』

そしてその場に居た師匠たちが手紙の内容を理解したところで、ランカスは重い腰を上げる。

「皆読んだな？　今後内容についてアユムに伝えることを禁じる。あと明日から15名選抜のうえ、10階層へ向かう。5名は15階層の守護につく。異存は？」

「ない」

全員一致であった。

「何か月かかるかわからんからな、態勢は整えよう。シフトについても今日中に作成して後ほど連絡を回す。実行は明日からだ。抜かるなよ」

「誰に物言ってやがる」

師匠たちは、それぞれ笑みを浮かべながら解散していった。

ランカスは戻ってきた手紙をもう一度読み返した。

ダンジョンマスターの手紙

『地上の皆様へ
この度は我が子たるモンスター3名がご迷惑をおかけしております。

今回は私ダンジョンマスターより皆様へ感謝とご協力のお願いを申し上げます。

まずは迅速な撤退のご判断に感謝申し上げます。

あのドワーフの行動につきましては、背後に我らダンジョンマスターに関わる者が支援していたことが判明しております。現在しかるべき場所、しかるべき立場の者に対処を依頼しております。

今回の件、時間が解決してくれることとは申しましても、当ダンジョン並びにダンジョンを生業《なりわい》とされております皆様にも甚大な被害が起こると予測されております。

つきましては大変恐縮ではございますが、私ダンジョンマスターより皆様へ、手紙にて失礼かと存じますが1点依頼をさせていただきたく思います。報酬は物品ではなく【ダンジョンを救いし者】として入り口に掲示される栄誉となってしまいます。依頼内容は件《くだん》のドワーフの封じ込めにご協力いただきたく思います。
具体的な内容につきましては（中略）
最後に、今回のドワーフ並びに背後の者たちの狙いはアユム殿にあります。事態終結までの間、可能であればアユム殿にはダンジョンへ立ち入らぬようご配慮いただければ幸いです。
ダンジョンマスター』

「アユムの価値か……面白れえ奴だとは思っていたが、そんなにすごいのかね……」

『我らダンジョンモンスターからすれば、それだけの価値がアユムにはある。何故ならばアユムの作るダンジョン作物が我らに感情を、知性を与えた。アームについては進化してからも定着している。それは、まさしく奇跡なのだ……俺はそう思う』

権兵衛さんは思いの丈を文字として書きなぐると1枚の紙には収まりきらず、しかも変に節約しようとした結果、どんどん字が小さくなるので、老眼のランカスは眉間を寄せつつ権兵衛さんの小さな字を必死に読んだ。

「まぁ、何とかするしかないか。それよりも明日から頼りにしてるぜ！　農業アルバイトさんよ。経験者はお前さんだけだ」

ランカスに肩を叩かれ、微妙に笑う権兵衛さん。

明日からアユム抜きの10階層開墾が始まる。

一方その頃、アユムとアームさん。

「今日は師匠たち見ませんね……」

「アユムー、そこ警報魔法道具設置してるから気を付けて」

コムエンドの中心部にある劇場で4日後から開催される国内学会の準備に、アユムとアームさんは駆り出されていた。主に力仕事がメインであるが。

「がう（警備員のアルバイト中♪）」

「ここが筋肉のみせどころよ！」

「がう！（マッスル！）」

「……うん。筋肉ですね」

棒読みが過ぎるぞ、アユム。

運んだ荷物をゆっくりと降ろすと、無意識のうちにダンジョンを見る。

（2日で懐かしく思ってしまう。15階層を取られたのが悔しいんだな……そうだ落ち着いたら師匠たちに相談しよう……）

そんなアユムの思いとは裏腹に、お手伝いは三日三晩つづいた。落ち着かなかったのだ。

「なんでこんな事になったかって？　決まってるでしょ！　決めなきゃいけない時に組合長《バカ》がどこかに逃げてたからよ!!」

はい、15階層に逃げてました。

責任の一端は自分にもあるとして、アユムも徹夜でお手伝いする羽目になった……。

「ぬおおお！　もう耐えられん!!　視《み》ろこの三角筋……ごほおおおおお」

上半身裸になったギュントルをチカリの光速拳が襲う。

「しまった！　気絶《ねられ》した!!　アユム、メアリーお姉さまを呼んできて！　起こすのよ！」

冥界からも患者を連れ戻すと名高いメアリーが呼ばれる。

アームさんは、その横で舟をこいでいる。

「ふぅあ～（眠いよ、アユム……）」

「アームさんは寝てきていいよ」

アユムは仕事もあるし、アームさんがあくびをするたびにチカリの視線が怖かったりするのだ。

そして学会開催の前日昼に、ようやくアユムたちは解放された。

チカリは、すでに明日の発表に向けて寝ると言い放ち去っていった。

ギュントルはメアリーの薬のせいで目がおかしかった。

「キンニク。デモ、シゴトタイセツ」

明日無事に責任を果たせるのだろうか……。

アユムも眠気に耐えかねてアームさんと一緒に帰路についたのだが、そこに久しぶりの権兵衛さんが現れた。

「ボウ（すまない。アユム。助けてもらえないだろうか）」

13話「準備期間」

「うーん。これは病気ですね……」

10階層に着いたアユムがダンジョン作物に触ると、渋い顔で言う。

「いや、それぐらい俺たちにもわかるんだが……というかそんなことがあるのか？　悪環境に植えてもすぐに実りがあるダンジョン作物だろ……」

思わず突っ込みを入れるランカス師匠だが、はっと気付いて口を塞ぐ。

そう、3日間もアユムをのけ者にしたのが先ほどばれて、アユムは静かに激昂中であった。

「家《うち》の地方では根腐れって呼んでます。ここの土地、湿気が強くて温度も高いし水はけも悪そうですからね……たぶん植物が呼吸できないで死んじゃってるんですね……ダンジョン作物といえど結局は植物ですからね……」

アユムは植えられているトウモロコシの茎を1本ずつ触りながら寂しそうに言う。

師匠たちと権兵衛さんは、アユムに気遣ってダンジョンマスターとの作戦を実行した。だが結果このざまだ。そもそも15階層よりも広い10階層であったが、そこは放棄地となっていた。ボスを置こうとしたが向いているものがいなかったし、この悪い気候であればどうにもモンスターが可哀そうになったそうだ。

なぜ、そんなフロアになってしまったかというと、どうやら下の階層に原因があるらしい。31階層より地下に広がる火炎階層と水没階層だ。要するに地下の水蒸気が、ちょうどこの階層で水分になり溜まっているという事らしい。

「ボウ（どうすればいい……）」

「……とりあえず、皆さんはこのトウモロコシを引っこ抜いてください。ワームさん、食べられそうですか？」

アユムは持ってきたカバンから、何種類かの作物の種を取り出しワームさんに尋ねる。

「ボッ（リームーっす。食べてみたけど超不味いっす）」

「焼却処分ですね……師匠」

「わかった任せろ」

とりあえず、植えた全ての物を引っこ抜き山と積んで焼く。

アユムは土を踏んで、水はけが悪いのを確認しつつ種を植えてゆく。

半日後。

師匠たちとアームさん、権兵衛さんの前に、葉っぱのお皿と黄色い蜂の巣のような人間の頭大の植物が置かれている。そしてその前にいるのは満面の笑みのアユム。

「やっぱこれってアユムが怒ってるってことだよな」

アユムの静かなる怒りにランカスは怯えている。

アユムはゆっくりと短剣を抜き放つ。笑顔である。

いや怖いよ主人公。怖いよ。笑顔の殺人鬼みたいで非常に怖いよ……。

「がう（世界の声……お前関係ない次元にいるくせにそれかよ……）」

「ボウ（今のアユムを前に正座を解ける猛者がいるだろうか……いや、いない！）」

「ボッ（お、意外とこの葉っぱ、うめっす！　瑞々しいなかに少しの塩っいいね！）」

アユムは抜き放った短剣を逆手に持ち、黄色い植物にたたきつける。

ガツン
鈍い音。そして植物の黄色がばらばらと崩れて、中から赤く瑞々しい果肉が現れる。アユムはためらうことなくそれを頬張る。

予想内であり予想外の行動に周囲の視線が集まる。

シャクシャクと食欲をそそる咀嚼音。

そこで我慢できなくなったのがアームさんだった。トウモロコシショック再びである。

かぶりつくアームさんは硬い皮も関係なしに噛《かぶ》り付く。そこで驚く。皮が甘い。そして内部は歯への抵抗が薄くあっさりかみ切れる。味は薄い。だが食感がとにかく面白かった。

次に続いたのは権兵衛さんだった。皮を力ずくでむいて食べてみる。

感想はアームさんと同じだ。残りをワームさんに分ける。

「ボッ（うーん、俺っちはパスですね、これ）」

「がう（これいい！　ウマウマ!!）」

「ボウ（硬めだが甘い外皮に瑞々しい実。種もどうにかなるのだろうか。捨てるには惜しいが苦い）」

モンスターにはおおむね好評だ。

「師匠……」

笑顔のアユム。そろそろ理解できたであろう。アユムは作戦から除外されて怒っているわけではないのだ。失敗がわかった時点で、すぐに相談しない。その上で作物を無駄にし続けた人たちに怒りを覚えているのだ。

食べ物を無駄にした。すぐに相談すれば避けれたのにだ。

だから、アユムは静かに怒っていた。

そして、師匠たちにはせめて反省しながら、現地で育成した作物を食べてほしかったのだ。

「頂く」

ランカスは、アームさんたちをまねて外皮をむこうとしたが硬かった。

結局アユムと同じく短剣を逆手に持って壊す。砕けた破片を口に運ぶと確かに甘い。

アユムの意図を理解した。これは後で集めて煮込むのだなと。外皮をきれいに砕いて葉っぱの皿に置くと実を食べる。味は薄い。歯がスッと通るが、そこにかすかな粘性がある。面白い味わいだ。師匠たちが食べていく中で、料理人ハインバルグだけが食べてすぐウズウズし始める。加工のイメージが湧いたのだろう。職人とはこんなものである。

「次にこれをどうぞ」

アユムは満足して次の作物を出す。次はこぶし大の芋である。これは皮をむかれ茹でた後、下味がつけられている。

まずはアユムから。次にアームさん、そして同じように皆続く。

叫ぶほど美味しいものではないが安心できる味わいだ。濃い味が続いたら食べたいと思わせる味だ。

「ボッ（この皮最高っす！　いいです。星３つ！）」

なんだかんだ言いつつ皆完食してアユムと向き合う。

「説明、してくれますよね」

笑顔。笑い顔。

「アユム、怒ってるか？」

「はい」

師匠たちの間で押し付け合いが発生した。醜い。結局ランカスが代表して口を開いた。

「落ち着いて聞いてくれ。今回のグールガンの目的は……お前だアユム。……俺も今回の事でわかった気がする。お前はダンジョンの在り方を変える可能性を持っている。だから、人間界でもあるように権力争いの道具に使われる。そんな意図なんだと思う」

「それはグールガンさんが人類ではないと？」

アユムは核心を突いてみる。

「わからんが、人類以上の勢力とつながりはあるだろうな……だから不用意にお前をダンジョンに近付けたくなかったんだ。これはここのダンジョンマスターも同意見だ」

黙っていたシュッツが応える。

「はあ、なるほど。で、皆さんはここで何を？」

全員、顔を見合わせて苦笑い。

平たく言うと兵糧攻めだ。

15階層南半分の倉庫から現在グールガンが攻略中の18階層。その間に奴はいる。グールガンをこのまま閉じ込めておけば、やがて本性を現すか空腹で倒れる。

作戦には色々な段階がある。

まず第一段階だが、15階層の南半分の倉庫と畑を魔法で焼き払った。

「え……」

アユムがショックから20分ほど帰ってこなかった。

はい、気を取り直して第二段階。

20階層で知性を持ったモンスター軍団による防衛線の構築。

実はこれに関しては第三段階と深くかかわりがある。

そして第三段階だが、これが10階層の開拓だ。10階層から真下に掘り進むと、暗黒竜が住む35階層につながる。要するに10階層で育成したダンジョンマスターが作ったルートで輸出可能になるのである。

なぜこれが重要なのかというと、アユムの作ったダンジョン作物がティム対策に有効だからだ。

これはアームさんのケースで証明済みだ。

さてグールガンの視点に返ってほしい。

15階層は侵入こそされないが、近寄ると待機している師匠級の人員から遠距離攻撃を見舞われる上に、食糧庫はすでに破壊されてしまった。戻るに戻れない。

ではどうやって食料を得るかというと、もはやモンスターの討伐しかないだろう。しかし、そんなに簡単にモンスターを食用にできるだろうか？　ワームさんの同族などもいるし、そもそも専門家でもないものがモンスターを食肉におろせるのだろうか。

結論は否だ。職人をなめてはいけない。だとするとグールガンがとりえる対策は1つ、植物が実っている森林ボスエリア20階層への侵攻。だがそこには、ダンジョン作物によってティムの通じない敵が待ち受けている。

そして時間が経つにつれ、35階層から21階層までのモンスターへダンジョン作物の輸出がなされれば、順次知性を得て増援として送られる。

戦力補強される20階層。

確かに単体で見れば、グールガンに勝てるモンスターは35階層より上にはいない。だが戦闘は1対1のみではない。1対1がすべてであれば、すでにグールガンは20階層を突破している。それができないのだ。15階層よりも広く、モンスターを軍として布陣しやすい20階層を、グールガンは時間経過とともに更に抜けられなくなっていくだろう。

やがてグールガンは食料を得られぬまま、いずれ投降する道を選ばざるを得なくなる。

そんな作戦だが、ダンジョン作物が育成できない状況となってしまった。20階層への増援部隊を送れない状況が続くと、20階層を踏破されてしまいかねない。そうするとグールガンは食料を得る。そしてそのままより強力な下層のモンスターをテイムして、物量で地上でのアユム誘拐の道筋を作るといったところだ。

「とりあえず、アユム、これすりおろして。団子にして揚げてみよう。美味そうだな」

「はい師匠！」

難しい話をあきらめた料理師弟は、こっそりと料理を始めた。

「がうがうが〜（団子団子団子〜）」

「ボウ（平和だな……）」

「ボッ（美味いもう1枚！　って良いっすかね。いいすよね！　さすがアユムん太っ腹！）」

「なぁランカス、意外と難しい状況なんだよな……」

「ああ、うん。多分な」

苦笑いを浮かべるランカスとシュッツ。

思い詰めたのは間違いだったたと、確信を持ったようだ。


35階層に1匹のドラゴンがいる。

巨大な体軀で普段は管理フロアに出られない。

つまりニート……ごほごほ、いや暇である。

特に6階層以降に冒険者が来ないこのダンジョンにおいては、狂った配下のモンスターを討伐するのは他のフロアボスたちの仕事であったりするが、このドラゴンに関しては体が大きすぎてできない。

それでもフロア管理は配下の3体のナイトドラゴン、人型に近い強力なモンスターが買って出てくれる。仕事は、彼らが狂いそうになった時に討伐するぐらいである。

なので、とにかく暇だった。

ある時通りかかったダンジョンマスターに喧嘩を売ってみたが、睨まれただけで体が動かなくなり、次回以降土下座でお見送りが決定事項となった。

とある時、ダンジョンマスターが気まぐれに赤い果実をドラゴンに食べさせる。ドラゴンはここで不安定な意識を持つ。

「がお（母上、おかわり♪）」

愛らしい表情で言ってみたが見事にスルーされた。

「がお（今度は上目遣いをまぜてみるか……）」

違うと思う。その努力の方向性、間違っている。

さて、自我を得たドラゴンだったが、これは彼女にとって大いなる悲劇だった。

「がおがおがお！（暇だ暇だ暇だ〜〜〜〜。冒険者来ないかな……冒険者来たら、どうおもてなししたらいいと思う？）」

配下の3体のナイトドラゴンは自我がないので無反応である。なのでついイラっときたドラゴン。

「がお（無視って、なんでやねん！）」

軽くツッコミを入れると、1体のナイトドラゴンさんは壁の染みになった。

「……がお（みっ、見なかった。皆見なかった！）」

バッチリ確認しております。

「がお（何卒、何卒母上にはご内密に！）」

おっし、お前今日から俺の犬な。

「がお（黙っていてくれるのであれば何でもします！　何でも……強制的な命令……抗えない私……むしろゾワゾワしていい感じ!!）」

やば、ドラゴンさんの変なスイッチを押してしまった。とりあえず用はないので、こちらに絡まないように。

「がお（了解しました！　これが噂に聞く放置プレイ！　ってやつですねご主人さま！　……はぁはぁ）」

そんなこんなでドラゴンは暇を持て余していた。

そこに上層から1匹のジェネラルオークが下りてきた。

「がお（なんだはぐれモンスターか、上層のエンペラーオークは何をしている……）」

苛立つドラゴンだが、ジェネラルオークが抱える看板を見て息を呑む。

『ダンジョンマスター様からの指示有』

「がお（連れてこい）」

ナイトドラゴンに連れられ前進するジェネラルオークは、背負い籠を降ろし、その上に手紙を添えて数歩下がる。ドラゴンはその様子を確認すると手紙を読む。内容は割愛する（前話参照！）。

「がお（これが噂のダンジョン作物か……）」

「ボオ（然《しか》り、お納めください。強く美しい暗黒竜様）」

鷹揚に頷くドラゴンこと暗黒竜。『美しい』と軽く褒められると彼女はこっそり尻尾を揺らす。チョロ。

「がお（辛辣なご主人さまも……）」

うん。見なかったことにしよう。そうジェネラルオークは思った。そしてゆっくりと立ち上がり去ってゆく。

「がお（お前ら1本ずつ食すとよい）」

壁の染みになった1体のナイトドラゴンさんが復活して3体に戻ったナイトドラゴンは、1本ずつアユム産のトウモロコシを食べる。皮ごと食べたので顔をしかめるが、2口目は皮とヒゲを取り除き食べる。

全て食べ終わり芯もがぶがぶと頂く。トウモロコシがなくなったことに気付き、3体とも愕然とする。そしてゆっくりと暗黒竜を見上げ口を開く。

「「「ぎゃ（もう1本いいでしょうか？）」」」

ズリズリとすり足でドラゴンに近寄りながら伺う。暗黒竜は思った。自分も似た反応したな、と。そして自分はもらえなかった。なのに、この子たちはもらおうとしている。

「……」

無言で見つめ合う暗黒竜と3体のナイトドラゴンさん。

ニコリと暗黒竜が笑う。ナイトドラゴンさんたちが歓喜の表情で崇めるように祈ろうとしたところ。

「がお（ダメ。母上のお手紙読んでみなさい）」

そう言って首を振る。

絶望に染まるナイトドラゴンさんたちを満足気に眺めながら、暗黒竜は語る。

「がお（よく読みなさい。お代わりが上の階層からやってくるって書いてあるでしょ！）」

翌日35階層に見慣れない扉ができた。

期待に満ちた瞳を向ける暗黒竜とナイトドラゴンさんたち。

1日経過。来ない。

「ぎゃ（1号です。強そうなモンスターに作物を食べさせてきました。2号と3号が現在調教……もといい教育中です！　……して、暗黒竜様。お代わりは……）」

「がお（天の恵みはいつ賜るかしれぬ。我ら小さき者どもは天のご意思を待つまでよ）」

2日経過。来ない。

「ぎゃ（来ませんね。天は我らを見放したのでしょうか……）」

「がお（そんな事は、信じて待つの！　それが『放置プレイの』基本!!）」

3日経過。来ない。

「ぎゃ（我ら！　暗黒竜親衛隊！！！）」

「がお（2号腕の角度が下がってる！　3号貴方その足は何！　1号ふらつかない！　登場シーンの決めポーズでふらついてどうするの!!　やりなおし！　もう1回）」

「「ぎゃ！　（はい！　先生!!）」」

4日目にアユムの試作作物が来るのだが、暗黒竜とナイトドラゴンさんたちはそれに気付かずポーズ練習を続けるのであった。

仕事はどうしたの？

あ、うん。重要な練習中。はい、失礼しました。


ダンジョン作物を35階層へ出荷して半日が過ぎた。

それまで無反応だった輸出用エレベータから轟音が響き、やがてひときわ大きな音を立てた後、チーンと鐘の音がした。

「おっ！　ちょっと来い！　すごいのが乗ってるぞ!!」

輸出用エレベータを開いたので、当日の当番であるジロウが準備していた食糧を送ろうとした時の事である。

扉の中にはリザルトドラゴンと呼ばれる緋色《ひいろ》の巨大トカゲが5体積まれていた。

そして手紙が1通。


『地上のみんな！　みんなのアイドル暗黒竜だ～ぞ♪

食料ありがとう！　素材そのままも美味しかったけど黄色の甘味《かんみ》は最高だ！

おかげでなぜだかこの35階層である火炎宮殿に母上がいます………プレッシャーがパないです。

そこでみんなにお願いがあります！　母上の為にお茶とお酒を。特にお酒を欲しておりました。

ぜひ明日でいいので送ってください。ちなみにお代がわりに価値のありそうなトカゲをお送りします。この地方では価値があるらしいのでお酒購入の足しにしてください。

では、また食べ物期待してます！

追伸：うちの人型の女の子たちがカッコよくて可愛い衣装を欲しています。成人女性の平均ぐらいの身の丈なのでなんとなく都合してほしいかな～。できれば統一感をもってくれると最高です！

追伸の追伸：明日の朝、11階層側に大規模改修工事が入ります。そして守護モンスターを配置するらしいのでえづけ忘れずにお願いします！

貴方の心にいつも暗黒を、まだ名前はない暗黒竜　より』

暗黒竜。全長８ｍと比較的小さい竜種。目に入った動くものすべて食料。食べる必要はないが肉の感触を楽しむ。残虐で好戦的な性格。吐くブレスは防御しても精神的な影響を与える。大陸中央部に住む凶悪なモンスター。

『みんなのアイドル暗黒竜だ～ぞ♪』

丸文字だった。大きな手で小さな紙とペンをもって必死に書いていた姿が浮かぶ。代筆ではない。何故そんなことをしたのか？　暇でありかつダンジョンマスターのプレッシャーが怖かったので現実逃避だ。

「とりあえず、素材だ！　ばらすぞ！」

元冒険者の師匠たちは、浮かれながらリザルトドラゴンを運び出す。

そのあとアユムたち弟子が現れて運搬用の床を掃除する。

そして準備していた食料品を積み込んでゆく。

まずは生で好評を得た、バルリという黄色い蜂の巣のような人間の頭大の植物が満載された木箱を積み込む。そしてダンジョンマスターが気に入ったという、お菓子が詰まった木箱も積み込まれていく。最後に芋の入った袋を入れて扉を閉じると、ゴーンという鐘の音がフロアに響く。輸出完了だ。

「お前ら、こっち手伝ってくれ！」

料理加工工場というレンガ造りの立派な建物からハインバルグが出てくる。手に持っているのは大きな芋つぶし器だ。

黄色の甘味の大量生産中だ。

結局10階層で作られるダンジョン作物は2種類で決まった。

1つ目はバルリ。これは表面が砂糖と同じように上品な甘みを醸し出すので、軽く洗ったうえで乾燥させて細かくつぶす。すると黄色の甘味の表面部分になる。内部は種を取り出してもう1つの植物と練り込む。

2つ目の植物はビビジルトと呼ばれる芋だ。これは皮をむき茹でたうえでバルリの実と混ぜ合わせると粘性が出る。これを丸めて茹でると、まるで団子のようなものが出来上がる。

最後に、団子にバルリの表面を砕いた粉を振りかけると黄色の甘味になる。

これは、初め表面の黄色い部分の甘みとサクッとした食感を与え、すぐに団子の柔らかい食感が襲う。もちろん団子も無味ではなくビビジルトの風味が口の中にあふれかえる。お茶が必要なお菓子だ。

それを今この大きな建物に料理好き冒険者が10名詰めて作成していた。

「この菓子、出来がいいから地上にも売り出したいな……」

ハインバルグの独り言である。

「よし、事件が終わったら展開を考えよう……」

その瞳は商売人の瞳だった。

翌日。

酒とお茶の葉を大量に積み込んだ荷車を押して早朝に師匠たちが戻ってくると、11階層側に見事に川ができていた。それもそこそこの川幅である。

アユムが無警戒に近付いて行くと、２ｍ級の巨大イカが水面から現れる。

アユムが手に持つのはビビジルト（芋）。

もちろんアユムの後ろには、にらみを利かせるアームさんがいる。

アユムがビビジルトを右に移動させるとイカもそちらへ、左に持っていくとイカもそちらへ。

我が意を得たりと笑顔のアユムは、ビビジルトをイカに放り投げる。すると待ってましたとばかりに、イカはそれをキャッチし口に放り込む。

「まいう――――――!!」

人間の言葉をしゃべった。モンスターなのに!!

「さすがや！　作られたときに聞かされた話、ほんまやったんや！　もうあのねーさんボケたかと思たわ」

『ねぇ聞いてよ奥さん』とばかりに足をうねうね動かすイカ。

「あれ、死のイカだよな……」

「ああ、どこのダンジョンだったか、最終フロアのラスボスやってたって聞いてるぞ……」

イカ。大物でした。

「名前付けてもいい？」

「おお、わしに名前もらえるんでっか。サンキューです。いい名前付けてや～」

アユムは黄色の甘味を手渡すと、顎に指を当て一瞬悩んで手を打つ。

「イックン！」

アユム。イカクンをあまり略してない名前じゃ？

「なっ、なんじゃこりゃ！　美味い美味いぞ！！！　ん？　名前、おお、イックンか！　気に入ったで！　ところでもう1個もらえる？　お茶？　熱い水？　どんとこいやで！」

その後、大量に黄色い甘味を食べたところでイックンの頭に手紙が来た。

『それ以上食ったら殺すぞゲソ野郎……』

ダンジョンマスターはお酒をお待ちのようでした。

「こんにちは、わしイックン言います。ちなみにこの川、36階層の海領域に繋がっているらしいんですわ。たまにいなくなるかもですが、戻ってきたら土産持ってくるんで許してください。みなさんよろしゅう！」

陽気に手を上げるイカは、あっという間に10階層になじんだのだった。

てか、ボディーガード用に配置されたのに出かけるとか、お前の存在意義どこ行った！！！！

イックン！

☆☆☆

今日という日を迎え、このダンジョン都市コムエンドは静謐な空気に包まれていた。

街の中心部、噴水公園広場。

この場は再び貴人を迎えようとしていた。

既に正装に身を包み槍を手にした騎士たちが馬を降りて居並び、白のローブに黒字でコムエンド魔法組合の紋章が刻まれた正装に身を包む魔法組合のエリートたちも、儀式用の杖を手に彼の御仁《か》の到着を待っている。

騎士たち同様に賢者の娘の護衛クレイマンとその隊員たちも、公園を囲うように待っている。何故かお揃いの法被《はっぴ》を着ていて背中に『ク』と1文字ある。お祭りか？

だが、そんな事は些細な事である。

民衆はただ待っていた。あの美しき賢者の娘を。

美しき賢者の娘が正装で現れるその一瞬を。

ざわめきが小さくなったタイミングを見計らい、広場に光があふれる。光の中から現れたのは神王国の王より賜ったと噂される巫女服。上は白、下の袴は赤、千早は白をベースに水色の鳥があしらわれている。そして髪は後ろに団子でまとめられ、品の良い黒のかんざしが挿さっている。

日本人からすると外国人のコスプレだが、それを知らぬコムエンドの民衆は光と共に現れた女神に息をのむ。

その光景をアユムはクレイマンの隣で、アームさんとアームさんの頭が指定席になったぴょん太と共に見ていた。

「プゥ（アユム、見た目に騙されるな……って言っても無駄か……）」

「がう（ぴょん太、あのおねーさんから甘い匂いがする！　絶対おやつ持ってるよ！！）」

無駄に鼻の良い駄猫竜であった。

「プゥ（最近大陸西部で流行っている羊羹っての持っていると思うぞ）」

「がう（ほーほー、頂きたい！）」

アームさんが希望に満ちた視線を賢者の娘に向けると、彼女は一瞬アームさんたちを見てほほ笑んだ。

「プゥ（だめだ、俺たちのアユムが完全にポンコツになっちまった！）」

「がう（アユムー、お顔真っ赤だよ？　どうした？）」

かわいそうなアユム。賢者の娘、アリリィ・ザ・アイノルズ、またの名を『大陸西部最大の危険物』。決して見た目のような奇麗な中身はしていないのだというのに……。

ん？　なにまた久しぶりのお手紙ですか？

『彼女のファンは天界にも居るので取扱注意せよ……心優しき神より』

恋愛神様あざーっす。また今度踏んでください（切実）。

さて、彼女に魅了された民衆とは違い、護衛のクレイマン部隊は彼女を守るよう陣形を整え、領主オルナリス夫妻に迎えられる。笑顔でかわされる挨拶だが、オルナリスの表情は硬かった。握手

1つで相手の力量を把握できる達人だけに、賢者の娘の力を把握して密かに怯えていた。対してオルナリス夫人は堂々としたもので賢者の娘を馬車へとエスコートし、石化しかけていた主人に密かに活を入れて領館へと向かった。

彼女たちが広場を去ると、ため息が連鎖的に起こりどよめきに変わる。

「すごかったね！」

アユムが意味もなく手を上下に振りながら興奮気味に話す。

アームさんもぴょん太も若干引き気味だ。

「プゥ（アユムもこの後ダンジョン作物の献上があるんだし、すぐ会えるだろうよ。今からそれじゃ、直接会ったら気絶しちまうぞ？　気絶したら貞操の危機だぞ？）」

「がう（アユムー、羊羹！　羊羹もらいにいこー！　あのおばちゃん！　お菓子のおばちゃんらしいいいいいいいいい）」

【アームさんを雷精《らいせい》が襲った。白い毛に静電気が発生した。】

「プゥ（がががががが、アーム！　この馬鹿猫！　さっさと謝れ！　シャレにならん！！！）」

「がう（ひぃいいいい、ごめんなさい奇麗なおねーさん！　ていうかなんで俺のモンスター言語理解できるの？　しかも、この場に居ないのに……）」

「プゥ（最強の魔王を土下座させた女だぞ？　できない事の方が少ないと思うぞ……）」

「がう（羊羹のおねーさんごめんなさい。羊羹のおねーさんごめんなさい。羊羹のおねーさんごめ

んなさい)」

頭を抱えて震えるアームさんと、そっと頭を降りてあきれるぴょん太。

そしてアユムはというと。

「すごい！　こんな事までできるの？　あんなに奇麗なのにすごいよ！」

恋は盲目。所詮アユムは13歳なのだ。

程なくしてアユムたちは兵士に連れられて領館へと向かった。

アユムが通されたのは料理場、アームさんとぴょん太はチカリとメアリーに連れられて別室に向かった。衛生面を考慮しての事だ。

「アユム……」

賢者の娘の噂を聞いているハインバルグは、不安そうなまなざしをアユムに向ける。

アユムも不安である。あの奇麗なお姉さんに食べてもらうのだ、口に入れた後、気を遣われて硬い笑顔などになられたくはないのだ。可愛らしい男の意地というやつである。

ハインバルグ師匠の懸念が正しい。賢者の娘は食に厳しく、不味かったら料理人に氷の視線を向ける人です。実の兄が料理人なので賢者の娘も料理ができる。加えて彼女の父は有名な農家である。味のハードルは高い人である。

そして何より、護衛の中でも重要な役割を担っていたはずの小隊長を、ダンジョン作物調達のために派遣しているほどなのだ。中途半端な物、期待に応えられない物を出した暁には……国が消えかねない……。

「ハインバルグ師匠。胸を張ってください。師匠の料理は間違いなく美味しいです」

アユムの笑顔に押され、ハインバルグは料理をのせて歩き出す。

領主と賢者の娘が会談を行っている間に到着すると護衛騎士に止められる。その後、護衛騎士が室内に伺いを立て扉が開かれた。

大きな部屋の大きな机の手前に領主オルナリスとオルナリス夫人、そしてチカリとメアリー。机を挟んで賢者の娘と他の椅子を片付けてアームさん（蝶ネクタイで借りてきた猫状態）と、アームさんの頭の上にぴょん太が乗っている。さすがお食事処inモフモフのモフモフ担当、すでにお客様の心をつかんでいる様子。

「アユム殿、御久しゅうございます」

賢者の娘が上品な笑顔でアユムに挨拶する。

「はっ、はい、おっ、つおっ、お久しぶりでございます」

しどろもどろのアユムを見て、心配で口の端がピクピク震えるオルナリスとチカリ。『仕方のない子ね』と余裕の笑みを浮かべるオルナリス夫人とメアリー、そして賢者の娘。

「では早速、ダンジョン作物を食べさせていただけますか？　実は私、今回これを楽しみに参りましたの」

賢者の娘は口に手を当て上品に笑う。

「あらあら、そんな冷たいわ……」

「リィは私たちと会いたくなかったという事かしら？　寂しいわぁ」

落ち込む振りをするオルナリス夫人と、悲しむ振りをするメアリー。

賢者の娘とそれなりの仲であるからこそ言えることだ。

「あら、お2人は楽しみでなくて？」

「楽しみよ」

「もちろんじゃない」

化けの皮が剝がれました。

（こえーよ。この3人こえーよ）

ハインバルグ師匠の心の声である。

（オルナリスの野郎、他人の振りしてやがる！　流す気だな！　覚えてろよ……）

オルナリスへの怒りが少し溜まったところで、1品目が配られてゆく。

白い皿の上に、茶色に染まった小さめの芋が2つ盛り付けられている。

「1品目はビビジルトの神王国風煮付けにございます」

アユムが説明する。要するに『里芋の煮っ転がし』をご想像頂ければ間違いない。

各自フォークを動かし、まずは刺して感覚を楽しみ、切り分けて口に運ぶ。

反応は上々である。賢者の娘は笑みを崩していない。きっと問題ないのだと信じて、アユムはビビジルトについて説明を挟む。賢者の娘は頷きながらゆっくりともう一口食べて何か頷き、そこでフォークを置く。

かすかな不安を覚えるアユムとハインバルグだが、続けてバルリのスープを運ぶ途中。

「猫ちゃんにも御裾分けしていいかしら？」

「にゃあ」

うずうずしている賢者の娘と期待のまなざしを向けるアームさん。

「はぁ、大丈夫ですよ……」

正直『猫の餌レベルだ』と言われているようなものだが、アユムやハインバルグにとっては、アームさんはすでに人レベルの味覚と礼儀を持った駄猫だ。特に違和感なく応じる。

というか、アームさんが**『にゃあ？』**とあざとい。

ビビジルトを口に含んで至福の表情のアームさんを横に、バルリのスープが配られる。

バルリの種を乾燥させて香辛料代わりにしているので、深い香りと後味の残らないさわやかさが同居するスープに、味を吸い込んで柔らかく変質したバルリが口の中で簡単にほぐれる。

このスープは賢者の娘も残すことはなく、残りを期待していたアームさんが愕然としていた。

次に運ばれてきたのは、リザルトドラゴンのステーキ。ステーキソースは15階層で唯一無事だったムフルから作り出したタレだ。

「この地方でリザルトドラゴンを食べることになるとはびっくりですわ。あとこのソース……素晴らしいわ」

賢者の娘は半分たべたところでアームさんを見る。

「にゃあ」

精一杯媚を売るキャットドラゴン。

切り分けられた肉を一切れフォークに刺し、アームさんの顔の前に持っていく。アームさんは当然口を開くが視線は肉に釘付けである。肉が口に近付いて、アームさんの頭の上に差し出される。

「プゥ！（おう、シャバ憎。いつもてめぇばっかだと思うなよ！）」

「にゃっ！（さっ、さーせん！　ぴょん太先輩!!）」

上下関係あったのね……。ちなみにハンターウサギはモンスター専門の肉食獣です。

2人のやり取りに笑いが漏れる。

そして最後、メインがお茶と共に配られる。

黄色い甘味である。

要するに団子であるのだが、今回はもう一工夫している。

「……餡子《あんこ》ね」

「はい、15階層の実験農場で作っていた生き残りで作成しました……」

正直、水飴づくりも含めてアユムには悔しい思い出である。

「見事ですわ」

笑顔の賢者の娘。

アユムはその賢者の娘をじっと見つめる。

「褒美を与えます。近日中、必ずあなたの力になりましょう」

それだけ言うとアユムにほほ笑む。

「楽しみにしておいてください」

その日、賢者の娘に挨拶して、アユムはすぐに領館を出た。

そして、満足感と共に冒険者道具を整え、その連絡を待った。

冒険者組合で座って待つアユムに、駆け込んできたランカスが告げた。

「来たぞ」

そこに普段の柔和なアユムはいなかった。

冒険者アユムの姿がそこにあった。

14話「対決！　グールガン」

日が暮れて闇が支配する街。最近導入された街灯にちらほらと明かりがともり、夜の街が姿を見せる。

アユムは薄明かりの街を歩く。

隣には権兵衛さんとアームさん、アームさんの頭の上にぴょん太が乗っている。

ランカスを始め師匠たち10名は、アユムの後ろに続く。

ダンジョンの入り口に向かうと人影が見える。

「……来て頂けたようですね……感謝申し上げます」

「感謝はいりません。お約束した事ですから」

昼間に会えばしどろもどろになってまともな会話ができない相手、賢者の娘を前にアユムは堂々と胸を張りながら話をする。

だが、それで素直に力を貸してくれる賢者の娘ではなかった。

ピシッ

空気が固まるような音がダンジョンの入り口に響いた。

「プゥ（出番か、リィ……）」

ぴょん太がアームさんの頭の上から降りると、賢者の娘に近寄る。

騎士クレイマンの通訳により、賢者の娘はぴょん太に黒い服を着せ、そしてペンダントをつける。

「アユムさん。私は可能性のない事はしない主義です」

向き直った賢者の娘の声を合図に、ぴょん太が濃密な赤い光を纏う。

ぴょん太が鼻を鳴らすと前足に光が強く集まり始める。まるで手甲のような武装だった。

「私はこの先、何が待ち構えているのか……、知っています」

アユムはゆっくりと頷く。それはぴょん太が賢者の娘が送り込んだ間者であると言っているのだが、アユムはそれを知って尚、頷く。

「だから、可能性を見せてください」

一陣の風が吹き抜ける。そしてぴょん太の体が浮き上がる。

「プゥ（アユム……この俺を前にして、得物を抜かないのか？）」

「必要ないです……」

アユムの態度に、ぴょん太はイラつく。

賢者の娘より賜った専用装備に身を包んだぴょん太は確かな強者だ。さすがに師匠たちのようなバグキャラではない。だが弟子が敵うレベルではないのは明らかだ。

「プッ！（舐めてっと、殺すぞごらぁ！！！！）」

アユムの視界から、ぴょん太の姿が消える。

一気に距離を詰めたぴょん太の拳が、赤い光で巨大化した拳が、アユムを襲う。

その光景を見てクレイマンは『やりすぎだ！』と顔をしかめ叫ぼうとする。だが次の瞬間、起こった出来事に愕然とし、叫ぼうと開けた口を閉じることを忘れた。

「ごめん。ぴょん太。手加減ができなかったよ……」

「プゥ（それでいい。それでこそ俺の認めた男だ……）」

ぴょん太は、アユムを素通りして着地している。

その体には先ほどまで纏っていた赤い光はない。

風魔法の維持もできず大地に立つ。ダメージから息も荒い。

駆け寄るクレイマンがぴょん太を抱き上げると、賢者の娘は軽く杖を振る。杖の先から白光がぴょん太に向かう。アユムはその神秘的な光に思わず息を呑んだ。

アユムとぴょん太の間に何が起こったのか、それは魔法力という力を纏ったぴょん太の一撃を紙一重でかわしたアユムが、ぴょん太の魔法力装甲を、【拳】で打ち抜いたのだ。

後ろで見ていた師匠たちも驚いている。

「プゥ……（やるじゃねーか。しかし、一撃か……俺も精進しないとな……）」

ぴょん太を抱えあげた賢者の娘がほほ笑む。

「ではお約束通り、ご助力いたしましょう」

まるでこうなるのを知っていたかのような賢者の娘の態度に思考を走らせたアユムだが、考えるのをやめた。

見た目通りの麗しのご婦人ではないのだ。

アユムは色々な事情を呑み込んで尚、賢者の娘の笑顔が美しいと思った。

隣に立つ騎士クレイマンは、アユムに済まなそうな表情を向ける。

アユムは軽く礼を取り、ダンジョンを進む。

10階層に到着すると、そこにはここ数日その場から動かないワームさんがじっとエレベータを見ていた。最近20階層での戦闘が激化し、その犠牲となった理性あるモンスターの亡骸が運ばれてくる。ワームさんとしてもその亡骸に思うところはない。ただ、彼女がいないか確認しているのだ。

今朝もまたいなかったことに安堵し、10階層の土壌改善にいそしむ。

「ボッ（アユム。決着をつけに行くんっすね）」

「うん」

「ボッ（俺はいけないっす）」

「うん」

「ボッ（でも、頑張ってほしいっす。負けたら承知しないっす）」

「うん」

走り寄ってくるワームさんを抱きかかえるアユム。土に汚れるが気になどしない。

「どっこいしょっと、わしは一緒させてもらいます。当然やな。なぁアユム」

「うん。イックンの出番だね」

そう言われると巨大イカ、イックンは恥ずかし気に頭っぽいところをかく。

「せや、お弁当に団子もろてこ♪　あれ美味いよな～」

勝手知ったる10階層。イックンは料理職人と軽く談笑しつつ木箱を抱えて戻ってくる。

「わしのお手てで美味い料理作ろうとか冗談が過ぎるわ！　……でも興味あるな……」

そのまま彼らは15階層に向かう。

15階層に到着すると、そこはすっかり荒れ果てたフロアになっていた。

初めに植えたトウモロコシは伸び切って、そして変色ししおれている。リッカも同じだ。ムフルの木は師匠が剪定してくれているので無事。ジュルットはしおれている。

ショックである。

更に食事処まーるは強力な魔法により爆散している。冷凍保存庫も同様だ。

苦々しい思いを奥歯でかみつぶして、アユムは16階層へ向かう。

15階層の中央まで来たところで、アユム以外の足が止まる。

結界の前にはアユムだけだ。

そこでアユムは16階層へつながる階段、その前の門柱に倒れ掛かっている白いドワーフと、事切れている彼のモンスターを見つめる。

白いドワーフことグールガンもそれに気付き、愉快そうに嗤う。

アユムは無言で大きく膨らんだ布袋をグールガンの前に投げ込んだ。

その際に一瞬だけ触れた結界がアユムを拒むように発光する。

グールガンの目に驚きが浮かぶが、気にせず布袋にしがみつき袋を解き放つ。なぜならばこの袋からいい匂いが漏れていたからだ。

肉の塊が出てきたのでかぶりつく。煮物が入っていたので飲み込む。懐かしのジュースの味に舌鼓を打ち、硬いパンを思いきり嚙みちぎる。

グールガンの食欲が満たされるまでそれは続く。アユムはそれを黙って見ていた。

「ふあ〜〜〜、喰った喰った。……アユムよ。これは最後の晩餐ってやつか?」

グールガンの言葉に、アユムは何も返さない。言葉を返さない代わりに結界を摑むと、無理矢理に腕を突っ込み引きちぎるように腕を振る。

地中から何かがはじけるような音がこだまする。

「それが答えか……俺が何者か知ってやってるんだな………。なぁ、今更だが平和的に俺と一緒に神さんのところに来ないか?　最初はアームさんだけでいいと思ったんだが、アユム。お前の方が価値ありそうだわ。きっと、ここでチマチマ農業してるよりいい目を見れるぞ?」

アユムは見つめ返すだけで、その瞳はいささかも揺れない。

「……ああ、少しも揺れてくれないか……魅了《テイム》できると思ったんだがな……しょうがない」

グールガンは地面に転がる愛槍を拾い上げる。グールガンは槍の使い手である。ダンジョンを潜る冒険者なのでさほどの長さではないが、２ｍほどの切っ先鋭い十字槍である。

十字にまっすぐ延びた剣のような鋭い刃は、薄《うつす》らと血に染まっているような怪しさを湛《たた》えている。

石突きで2～3回フロアを鳴らすと、グールガンは重心を落とし、槍を構える。

それを確認したアユムは悠然と、しかし隙を見せずにアームさんの背中に預けていた槍を手にする。

「アユムよ。それは俺を侮っているのか……」

グールガンの瞳に静かな怒りが燃え上がる。冷静な頭とは別に怒りに燃える心。武人として最大限の警戒を払わなければならない状況に、アユムは何ら焦る様子を見せない。

いつものように槍を手に取り、確認し、そして構える。

流れるような一連の動作に、相対しているグールガンさえ息を呑む。

アユムが手にするのは何の特別さも感じさせない素槍。２ｍ程度の中級冒険者が使うような何の変哲もない槍だ。グールガンのような逸品ではない。

互いに槍を構えたまま数分睨み合う。

焦《じ》れてすり足でにじり寄ったのは、グールガンである。

それはじりじりと。非常にゆっくりと。穂先をアユムからコンマ数ミリも逸らさずに。

そこをアユムは堂々と足を踏み込む。

一気に詰まった距離。

穂先同士が接触するその瞬間はあっけなく訪れた。


ガン！


グールガンがアユムの槍を巻き上げようとすると、アユムはグールガンの穂先を切り落としにかかる。

槍同士がぶつかり合う。睨み合うアユムとグールガン。

先手を打ったのはグールガン。魔法力を込めると十字の穂槍に赤々と光が燈《とも》る。

それに呼応してアユムも槍に気を込める。


カン！


互角の形勢のなか、金属がぶつかる甲高い音が響く。

互いに息一つ乱さぬアユムとグールガン。

拮抗はやがて崩れる。弾かれたのはグールガンの槍。弾かれた槍がグールガンの意志とは反対に地面を抉《えぐ》る。十字槍の片刃が地面に埋もれると、アユムは『ふっ』と短く息をして槍の穂先をグールガンに突きつける。

慌てて飛びのくグールガンはダメージを覚悟して魔法力を服に込めると、グールガンの白い衣装が真っ黒に染まる。衣装の強化だ。

グールガンは、ある程度の痛手を覚悟した。

だが、そこでさらに驚愕する。

グールガンに届く寸前。アユムは槍を下げる。

そして間合いを空ける。

あまりの事にグールガンは時と場面を忘れて呆然とする。

あまりの事にグールガンは力を抜いて地に膝をつく。

舐められた。

生まれてほんの14年経過するか否かの子どもに。

そもそも低いグールガンのプライドが傷つく。

まるでキィキィと甲高い音を立て、グールガンの脳内をプライドが傷つく音が背を伝うように、グールガンの全身を【屈辱】という感覚が伝播する。

きっとグールガンの脳内でスイッチが入ったのだろう。目つきが変わる。

構えも変わる。より攻撃的に。

黒く染まった衣装から、まるで槍を強化するように黒い光が槍を纏う。

「死ね」

グールガンは純粋な欲求に染まる。槍を持ち。刃物を持ち。敵と相対する者が絶対的に持たなければならないもの。

そう、殺意に。

グールガンは、ゆったりと構えるアユムに何も感じない。脳内を埋める数十通りの攻撃方法を瞬時にシミュレーションし1つを選択する。

それは先ほどと変わらない。だが今度はグールガンが仕掛ける。

何の捻《ひね》りもない突き。だが、必殺のそれは巻き取ることもできず、切っ先を切り離すこともできない。

黒い光が赤い光をカバーし、ただアユムの命を摘むために進む。

さしものアユムも、この危険性を察知し横にかわす。

そこに先ほどまでなかった穴が生まれる。

バランスを崩すアユム。そこに十字槍の片刃が襲う。

絶体絶命の危機。だが、アユムは薄く笑みを浮かべる。

バランスを崩しながら十字槍を掴む。

刃先を親指と人差し指で挟む。一般的にそんなことをしたらそのまま切り殺されそうだが、グールガンの槍はそこで止まった。

じんわりと冷や汗をかくグールガン。

グールガンは短く呟く。

「爆ぜろ!!」

すると穂先から魔法力の爆発の流れが発生……しなかった。

穂先に力が集まると、放出される前にアユムに霧散させられる。

筋肉洗脳されたときに、チカリがアユムに仕込んだ技だ。

アユムが穂先を押し返すと、グールガンは地面を削るようにじわじわと押し戻される。

「化け物か……」

驚愕の表情をするグールガンだが、このタイミングで仕掛けた。操っていたモンスターを地面から、アユムの足元から飛び出させた。

「地面に無警戒に立っていたとでも?」

後ろにとんだアユムは飛び出してきたモグラ型モンスターを、軽く槍を振るい横に両断する。

「……」

グールガンの手から槍がこぼれる。

愕然としたその表情が、やがて口元から崩れる。

小さく笑う。乾いた笑いがあふれる。高い声ではなく、地を這うような低い笑いがどんどんと音量を上げる。

アユムは黙って聞いていた。

殺そうと思えば一思いにやれる。

だが、アユムは敢えて【それ】を待った。

やがてグールガンは全身から光を放つ。光はグールガンの体から離れ宙を漂う。光が抜けたグールガンは抜け殻のように力を失い、その場に倒れ伏す。残された光はやがてグールガンと同じドワーフに。違うところは白銀の鎧をまとい、手には光の槍、背中に天使の羽をつけていた。

「天使グールガン。神の御使いとして人間アユム、モンスターアーム、お前らをもらい受ける」

存在の力を増したグールガンにアユムは……あまり何も感じなかった。正直言うと賢者の娘の方が威圧感は上である。万が一アユムがグールガンに敗れたとしても、彼女がいればすべて問題なく終結するだろう。

十二分な保険だが、アユムもそれに頼る気はなかった。

「イックン」

「おうさ、わしを必要とするなら真名《まな》をよびや」

後ろに控えていたイックンが前に進み出る。アユムの横に並ぶと腕を1本差し出す。

「ああ、イクス」

アユムの声に反応したイックンは、その姿を純白の大剣に変換する。

『モンスターとか思たか？　残念やったな、ここのダンジョンマスターの上司である神さんが派遣した神剣や！』

天使グールガンは宙に漂いながら腰が引けているようだ。

「神剣……」

それ以上、言葉はなかった。アユムもグールガンもただ黙って睨み合っている。

互いの呼吸を読み合い、油断なく腰を落とす。

誰もが待ち望んでいたその瞬間だった。


たら〜ったららたた〜たら〜ったら〜たったったったったったった、チャンチャン。


どこからともなく軽快なラッパが吹き鳴らされ、シンバルが締める。

そして15階層の脇に一条の光が湧き上がり、そこに誰も見たことのない成人女性と5歳くらいの幼児が現れる。簡易テーブルと椅子をどこからか取り出すと、今更ながらに素顔であることに気付いて周りをキョロキョロと見回す。あまりにも残念な感じがしたので、全員あえて見なかったことにして視線を逸らす。アユムもグールガンも構えを解いて距離を取る。

「うん、ばれてないですね」

「ばれてないばれてない、今のうちにマスク被っちゃおうよ」

「いいですね！　謎のマスクマン！　燃えます!!」

幼児がパンパンと手を打つと、黒と白のマスクが何もない空間から生み出され、２人は急ぎそれを被る。

そして、『初めから被ってました』と言わんばかりに堂々と胸を張り、そして声も張る。

「その勝負！　私たちが執り行わせていただく！」

幼児が叫ぶ。成人女性は腕をクロスさせると、足を1歩外側に踏み出しポーズを決める。

「そう、私は美しき女傑！　マスク・ド・ホワイト！」

続いてノリノリで幼児の方も同じく反対方向に踏み出し、ポーズを決める。

「私は可愛らしい幼児！　マスク・ド・ブラック！」

2人の背後に爆発が巻きおこる。

巻き上げられる枯れ果てたリッカ。悲嘆にくれるアユム。同情の視線を向ける天使グールガン。

しばらくして静寂が包む。しらけ切った場に師匠たちはテーブルを持ち出し、お茶を淹《い》れお菓子を食べ始める。アームさんも権兵衛さんも賢者の娘もご相伴にあずかる。

「やったねブラック！　決まったよ！」

「はいなのです！　ホワイト格好良かったのです！」

ハイタッチをするブラックとホワイト。

アユムの手の中で涙目になる神剣（笑）。

「はい、中継はいりまーす」

何処からか20代ぐらいの若い男性の声がかかる。

「5・4・3・2・…………」

すうっと音がするように幼児が深呼吸すると、いつの間にかマイクっぽい棒を手に何かを始める。

『さぁやってきました！　地上バトルのお時間です！　天界800万の暇人ども！　見ってる～？

今日は名前を伏せてるけど可愛さをあざとく振りまく私！　マスク・ド・ブラック』

そしてまた先ほどのポーズ。

『同じく、美しき天界の宝、マスク・ド・ホワイト！』

彼女も同じポーズ。そしてアユムはここで嫌な予感がして、意味もないのだがむなしげに手を伸ばす。

はい、爆発。そして巻き上げられるリッカの残骸。

元気とやる気をなくすアユム。もはや神剣を大地に刺して体育座りである。

師匠たちとグールガンも含めて同情の視線が痛々しく刺さる。

『ブラック！　今日は何やら下界で騒ぎらしいよ！』

棒読みである。

『ホワイト！　最近話題のダンジョン作物を作ってる農家さんを巡って愛憎劇があるみたいだ！』

棒読み2号である。

君たち……向いてないよ？

『まぁ大変！』

通販番組の外国人でももっと自然にやるわ!!

『だから今回僕たちが介入することになりました!!!　盛り上がってるか――――い!　天界の皆!!!』

その唐突な客あおりは何?　ん?　別次元にいる世界の声だから客の反応が見えるだろうって?　見えますよ……パブリックビューイングに集まって盛り上がってる神様とその眷属たちが……。見なかった方が良いでしょ?　こういうのって大概夢を壊すんだよ……。

「あの～、僕たち一応決着をつけるところまで行こうと………いろんな手続きや画策も張り巡らして……」

「アユム。あきらめろ。あの2人に絡まれては無理だ………」

涙目で突っ込みを入れるアユムと、そんなアユムの肩にそっと手を置き慰めるグールガン。

あ、これアレだ。共通の敵を得て仲良くなるパターンだ!

『………という事で将来有望なアユム君争奪戦を開催します!!』

テーブルの上に上がり、こぶしを振り上げた幼児はやり切ったいい笑顔をしていた。

汗を軽くぬぐって席に着く2人は、アユムとグールガンを見て手を差し出す。

暗に【舞台は整えた!　雰囲気出してどうぞ!!】と言っている。

アユムが【何の空気ですか!】と神剣を大地にたたきつけたのは無理からぬことだった。

15話「ちゃぶ台は返すものと相場が決まっている」

『さぁ、今までの経緯をまとめてみましょう！』

マスク・ド・ブラックがその小さな体で机の上に上がり、民衆をあおるように手を開く。

『まずはきっかけ！

それはこのアユム君がダンジョン作物の性質を変えてしまった事にあります！

皆さんご存じでしょうがダンジョン作物とは、ダンジョンがモンスターに使われるような濁った魔法力を肥料として実らせた、いわば作物版モンスターです。残念ながら【何をどうしよう】と不味い失敗作物でした……』

マスク・ド・ブラックはダンジョン作物の味を思い出して苦々しい表情をする。マスクなのに。

『しかし!!　それを、このアユム君は浄化したダンジョン作物を作り上げてしまったのです！　びっくりです！』

びっくりなのはあなたです。マスク・ド・ブラック様。

『それを食したこちらのキャットドラゴンについては自己進化！　しかもモンスター特有の混濁し

た思考がない【新種】の生物にしてしまったのです！　いわば奇跡の作物を作ってしまったのです！

これは、ここのダンジョンマスターから提出されたレポート並びに実際の作物を解析した事実です』

そこまで言ってマスク・ド・ブラックはにやりと笑う。神様ってこんな人ばかりです。

『さて、こんなおいしい成果が目の前にぶら下がっていながら何もしないなんて、そんな奴がいたら神なんかじゃない！　そうだろ皆!!』

幼児ことマスク・ド・ブラックは、こぶしを振り上げたまま吠える！

そして、耳に手を当て観客のリアクションを想像しながら鷹揚に頷く。

まぁ、実際にパブリックビューイングは、その想像通りの反応なんだけどもね。

『そこで動いたのが、白の神アーランとその天使グールガン！

レポートが認められ天界の保護がかかる前に、どっちか盗もうとしたわけです！

いまだキャットドラゴン並みに【新種】になっているモンスターもいないので、まずそちらを狙ったのですが！　見事に失敗……』

ホワイトがブラックの話を受け継いで喋っている。最後に首を大げさに横に振り、お手上げのポーズ。

『サンキュー！　ホワイト！

見事に失敗した天使グールガンだが、ここで最後の賭けに出る！

地上での天使化！　しかも他の神の領域での力の行使という犯罪行為に打って出たところ！

なんとアユム君、神剣使いだった!!　というどんでん返しの中！

農地を奪われた失意の農家兼神剣使いアユムVS追い詰められた天使グールガン！

が幕を開ける！

予定だった!!

だが!!』

そこで言葉を切って、マスク・ド・ホワイトとマスク・ド・ブラックは先ほどとは別のポーズをとる。

イライラします。

『『血みどろの戦いなんて天界では見飽きた！　故に違う勝負をさせるために我々が、来た!!』』

何故か両サイドが爆発。はじけ飛ぶトウモロコシ。気付いてご両人、アユム君のヘイトが貴方たちに向いてますよ。

『なお、白の神アーランですが、他神のダンジョンへの不正関与の疑いで自慢のヒゲ永久脱毛の刑にすでに処されております』

ホワイトの発言にグールガンが口を押さえ、小刻みに震えている。

『では、今回のお題を発表します！』

『ワクワクします！　前回はダンジョン早攻略競争でしたからね！　今回はなんだ！　神器作成コンテストなのか！　モンスター討伐競争なのか！　代わり種では農地開拓競争もありましたね！』

最後の言葉にアユムは反応してしまう。

しかし、【ダンジョン早攻略競争】って世の英雄が聞いたら泣くなこれ。

『今回はこれだ！　えっと【たたいて・かぶって・ジャンケンポン対決！】です!!』

歓声で揺れる天界。お茶を楽しむ師匠たち。農業関係じゃないんだとやる気を失うアユム。ちょっとワクワクしているグールガン。ま、それぞれの反応であった。

『では、まずピコピコハンマーを用意しましょう！　アユム君、神剣借りるね～』

「あ、はい」

幼児の言葉に反射的にアユムが頷くと、大地に刺さってふてくされていた神剣イックンは次の瞬間、幼児の手の中に収まっていた。

『いややいややや。わし、由緒正しい神剣やん！　1万年前、反旗を翻した邪神討伐でとどめの一撃を見舞った神剣やん！　ピコピコハンマーなんていやや！　断固拒否するで！　変化したらん！』

叫んでいるうちにピコピコハンマーに変えられて、隆起した土の台に置かれる。

『お前何もんや！！！！』

神剣イックンがいくら頑張っても、ピコピコハンマーから元に戻らなかった。

そして幼児がさらに一撫でするると、ピコピコハンマーの隣に【神様建設】と書かれた黄色いヘルメットが出現する。

『お前……まさか……………アーたんか？　俺や！　神魔戦争では対立したけど、昔なかよーやっとったイクスや！　お前、神の盾アイギスやろ？　なんでこない場所でメットやってんねん！　何か言うてや！！！』

『イックン…………何も言うな。今回も私と君は敵対関係にある。…………事情は語らぬが華という事もある…………』

台の上に設置されたピコピコハンマー（神剣）とメット（神の盾）は仲がよろしいようで。

『ではしばし、ベットタイム《賭けの時間》！　その間に選手紹介&インタビューコーナーです。早速赤コーナー、神剣使いあ――ゆ――む！　人間ながらに人外師匠に囲まれて常識さんとお別れしたのは1年前！　ついにこの神様バトルの場に出てきた！　きっと農業神様がみている！　これに勝ったらご褒美があるかも!!』

ブラックの言葉で火が付いた。アユムの瞳に情熱の炎が宿る。

『では早速インタビューしてみましょう』

ホワイトがマイクのようなものを片手にアユムに近寄る。アユムの背中から気迫を具現化したような青いオーラが立ち上っている。

『アユム選手意気込みはいかがですか？』

『やります！　農業神様のご褒美楽しみです！』

15階層を滅茶苦茶にされた恨みはすでになかった。

『相手は天使、上位存在ですがその辺どう思われますか？』

『小さな問題です』

言い切ったアユム。男らしい。

『最後の質問です。お姉さんのことどう思いますか？』

『マスク被らなければ奇麗だと思います！』

何故だかガッツポーズのホワイト。

『ホワイトさん。最後なんで聞いたんですか？　あ、うん。無視なのですね。ええ、そっちがその気なら私も閻魔帳に書き込んでやるのです……。さて続いては青コーナー！　白の神所属天使！　家族からの無視に耐えられず仕事に打ち込む苦労人！　たまには娘の顔を見に帰れ！　ぐ──るがん!!』

「俺のだけ私信なのはなんでだ！！！！！！！！！！！！！！！」

グールガンさん、そのうち子どもから『おじちゃんだれ？』って言われちゃうよ？　ほどほどにね。

『はい、インタビューおねがいしまーす』

ホワイトが、アユムから【奇麗なお姉さん】と呼ばれたのがうれしかったらしくスキップ踏んでやってくる。

『グールガン選手！　お久しぶりです！　初出場の意気込みをお願いします！』

『追い詰められた天使の実力を見せます！』

悲哀に満ちた瞳で語るグールガン。

『相手のアユム選手は人間です。格下相手に油断はないでしょうか？』

『油断した結果追い詰められました。今回は慢心はないです』

そうですよね。アームさんを進化に追い込んで自我を失わせてサンプルとして持ち帰ろうとしたら、逆襲されちゃってますしね……。

『では最後に天界のご家族へ一言！』

『お父ちゃん頑張るぞ！　学校で自慢できる戦いを見せてやる！』

『以上、【お口臭い】でショックを受けたグールガン選手でした！』

「ねぇ！　最後の一言！　なんで知ってるの！　ねぇ！　そして何でそれ付け加えたの!?」

ホワイトが戻ってきたところで、ブラックが何かを確認して正面を向く。

『投票結果が出ました！　じゃん』

いや、こっちに見えませんて………。

『グールガン選手1・03倍。対してアユム選手101倍です！　これは思わぬ大差です！　そしてアユム選手に200賭けた私。素晴らしい勝利が予感されています！』

賭けの胴元が賭けに参加する罠。

『ホワイト、これはどういった事でしょうか?』

『ブラック、簡単です。種族特性差に皆さん着目したのでしょう。やはり人間と天使では天と地の能力差がありますので……』

『なるほど、ではこの勝負アユム選手がどのような対抗策を講じてくるのか見ものですね!』

『ああ、そろそろ始まるようですよ!』

ホワイトの言葉が終わると、ダンジョンの照明が薄暗くなりファンファーレが鳴り響く。

ファンファーレが終わると、まずはアユムにスポットライトが当てられる。

光の中、土の台へ進むアユム。

「がう(アユム! がんばーーー!)」

「ボウ(仕事が恋人♪の天使に負けるな!!)」

アユムのホームである15階層では、次々に歓声が湧く。師匠たちは肉と酒で盛り上がっていた。

『農地を奪われた失意の農家兼神剣使いアユムがその沸々と湧き上がる闘志を抑え込みながら入場です』

土の台まで進むと、アユムを包むスポットライトが落ちる。

代わりにグールガンに当たる。

当然ブーイングが響く。

『追い詰められた天使グールガン、悠然と入場です。彼の表情からは、負けることを一切感じさせない自信があふれております』

2人が台に向き合うと照明は台を中心に2人をつつむ。

『では恨みっこなしの【たたいて・かぶって・ジャンケンポン対決!】3本勝負! 開始だ!!!!!』

何処からともなく太鼓の音が鳴り響く。

かわされる気迫が籠った視線。両者示し合わせたように腕を振るう。

『『じゃーんけん、ぽん!』』

アユム……ぐー。

グールガン…………………………ちょき。

咄嗟にグールガンはメットに手を掛け………………………………………る前にアユムの魔法で吹き飛ばされた。

「爆裂魔法」

悠然とメットを被り、ピコピコハンマーを振り回すアユム。

その瞳に一片の慈悲もない。

「まて! おかしい! おかしくない?」

パコ―――ン

爽快なピコピコ音がグールガンを遮る。

『一本!!』

「異議あり!!」

グールガンの剣幕に、ブラックは一時対決を中断する。

アユムの方からは見えなかったが、どうやら天界となにやらやり取りをした後。

『今アユム選手がとった行動ですが、法の神様の判断によると【有効打】との事です！　さっさと2回戦始めてください！』

「まじか……そんなのがありなのか……。アユム、3本勝負の1本目から奥の手を出すのは早かったな。2回戦以降、俺も同じ手を取らないとでも思ったか？　………」

睨み合う両者だが、アユムは依然として余裕の態度を崩さない。グールガンはその態度に焦りを募らせる。

（やるしかあるまい！）

覚悟を決めてアユムに向き合うグールガン。

再び2人は息を合わせて腕を振り上げる。

『『じゃーんけん、ぽん！』』

アユム………ぐー。

グールガン……………………ちょき。

結果は変わらなかった。というかグールガン！

反射的に魔法を構築したグールガンは、アユムより自分の方が先に魔法を発動できることを確認して魔法を放った。

「爆裂魔法！　うぉ！」

結果、反射魔法を事前に仕込んでいたアユムに反射されて吹っ飛ぶグールガン。

悠然とメットを被り、ピコピコハンマーを振り回すアユム。

その瞳に一片の慈悲もない。

「まて！　おかしい！　おかしくない？　今度もなんか違う気がするぅぅぅぅ！」

パコ――ン

『一本！　勝者アユム！　あんどみー！　101倍ウハウハなのです!!』

騒がしい周囲を押しのけてアユムはグールガンに近付く。

グールガンはばつが悪そうに大地を見つめる。

「敗者を笑いに来たのか?」

「いえ、ただこれを……」

慈しむような瞳のアユムから静かに手渡された紙に視線を落としたグールガンは、次の瞬間土下座していた。

『損害賠償請求　グールガン様』

とんでもない金額が記載されていた。

「なんでもするので何卒、ご容赦いただけないでしょうか！」

グールガンの言葉が15階層に木霊《こだま》し、この事件は解決に至ったのだった。


（1章完）

「誰も待っていなかった座談会！　～この本を振り返ってみよう！～」

御題「ダンジョン農家で言いたいこと」

悪魔ちゃん「期待させておいて放置プレイの件について」
暗黒竜先輩「巨体過ぎて放置プレイの件について、もっとください」
イックン「投げやりなキャラ設定に怒りを感じる件について、神剣の取り扱い改善を真剣に考えて！　うぷぷ」
暗黒竜先輩「ウラヤマけしからん！」

～～神剣が踏まれています、しばしお待ちください～～

賢者の娘「見せ場があっただけまし。私なんて猫被ったまま名前も呼ばれず終わった！」
一　同「扱い憧れの先輩枠のくせにうっざ」
賢者の娘「いやいや、同級生枠でも行ける所存」
イックン「無理や、10歳離れてそれはない。アユムも大人になったら現実見えてくるパターンや…………………ぐはぁ！　ぶったね！　お父さんにもぶたれたことが無いのに！」
賢者の娘「黙れ、消すぞ」
イックン「お口にチャック…………って縫おうとすな！　やばい！　こいつほんまやばい！」
悪魔ちゃん「（見なかったことにする）でも、幼馴染たちがそろそろ絡む予感がするし私出番じゃない？」
暗黒竜先輩「ストーリー盛り上げないって言ってたのに出番あるかな？　出オチキャラでしょ貴方達？」
悪魔ちゃん「え？」
暗黒竜先輩「え？」
……空気が悪くなり世界の声（録音係）が逃亡したため終了します。しますってば！
この時ダッシュで逃げた私を責められる人間はいるだろうか？　いやいない!!

……翌日……

コツーン、コツーン、コツーン、コツーン
暗闇の中、革靴が床を打つ音だけが響く。
どうやら私は捕まってしまったようだ。

賢者の娘「はーい、皆さん！　座談会を逃げ出して途中終了を余儀なくさせた犯罪者がこんなことぶっこいてまーす」
悪魔ちゃん「しけーい！」
暗黒竜先輩「あ、踏むなら私で！」
ダンジョンマスター「あ、お兄さん梅酒お代わり！　ロックでねー」
……そう、ここは神ブラックが用意した大人の雰囲気がするジャズバーである。シックな雰囲気の中、ジャズが緩やかに流れる。
イックン「お前、粉《こな》もん舐めとるんか！　これはお好み焼きやない。広島焼きいう別もんや。もんじゃとお好み焼きぐらい違うんや！　わかるか！　おい、返事せぇ！」
イックンは等身大ブラック君人形に絡んでいる。真っ赤である。下戸の神剣である。
賢者の娘「で、御題はなんだったかしら」
取り繕う賢者の……ぐほ。すっすみません。真面目にやります。
御題「ダンジョン農家で言いたいこと、再」
賢者の娘「出番の増えた私！　勝ち組」
悪魔ちゃん「アユム――――！　これが本性よ！　目を覚まして!!」

暗黒竜先輩「……え、賢者の娘様。これ羊羹じゃないですか。……うんうん。任せてください！
がんばります」
悪魔ちゃん「目の前で買収されてる!?」
ダンジョンマスター「あ、私も買収されまーす」
悪魔ちゃん「お前！　くそっ、この本で出番が増えたからって！」
ダンジョンマスター「この後の閑話は私が主役！」
悪魔ちゃん「もーいやー、本当に出オチじゃない私！　もう、ナッツ食べるもん！」
暗黒竜先輩「賢者の娘様はお淑やか！」
ダンジョンマスター「ははははは、すっかり差がついてしまったわね。天界でおじさまにチヤホヤされて調子に乗ってるからそーなるのよ！」
悪魔ちゃん「ぐぬぬ」
暗黒竜先輩「賢者の娘様は優しいお方！」
賢者の娘「おやめなさい。醜い。醜い争いは内面がでてますわよ」
おほほほと扇子で口元を隠す賢者の娘。
ダンジョンマスター「調子に乗ってるね」
悪魔ちゃん「調子に乗ってるね、完全に」
暗黒竜先輩「賢者の娘様は美味しいものをいっぱい持ってる♪」

賢者の娘「おや？　おやおやおや？　負け犬連合ができちゃいましたか？？？」

ダンジョンマスター「私はそこの出オチ女と違って勝ち組だもん！」

悪魔ちゃん「おー、言うたな！　もう限界だ！　お前ら勝負だ!!」

暗黒竜先輩「そんな賢者の娘様。でも和服は似合わないの……。……だって巨乳だから♪」

……はぁ、結局乙女の飲み会のはずがウォッカの瓶が数本並んだ呑み比べが始まる。

まるでおっさんの飲み会だ。

ヒュン
私の頬を何かがかすめて飛んでゆく。

ダンジョンマスター「ごめーん、手がすべっちゃった。てへ♪」

ウォッカの瓶だった。

……おいなんでお前ら握手してい……るのでございますのでしょうかお嬢様方……。……ええ、はい。私の様な矮小な存在は気にせず、お楽しみください。はい。邪魔は致しません。
・・・
・・・
・・・
よし、私から注目が離れたな。すり足でこの場を少しでも離れよう……。
イックン「みいや！　わしのヘラ捌《さば》き！　お好み焼きはこうするんや！！」

逃げた先にブラック君人形に熱く語るイックン（神剣？）が居た。少し和んだ。
さて、一方この場を作ったブラック様は……。
ブラック「何で私は入れないのですか！　私は創造主。つまるところオーナーなのですよ！」
黒　服「当店酒場になります。どのような方も未成年は入店させられません」
ブラック「むき―――！」
幼児が店の前で地団太を踏んでいた。
暗黒竜先輩「えっと。次はこれだね。えー、賢者の娘様は最強！　スタイリッシュに決める一撃がカッコいい！」
何がしたいの？　君たち。
結局呑み比べが途中から愚痴大会に変更され、最後の方は私が合いの手を入れなければならなくなった。
黒　服「……お疲れ様です」
最後にそっと出されたお冷が荒れた胃を癒してくれたのでした。
注意：天界の亜神街にひっそりと営業しているジャズバーなので天界に来る際に暗黒竜先輩の身長は１・５ｍまで縮められています。ご都合主義万歳。

閑話「その時のダンジョンマスター」

私はコムエンドのダンジョンマスター。

中級ダンジョンマスターと呼ばれる立場にある。

同じ神に仕えるダンジョンマスターの中でも上位にランクするほどの立ち位置にいる。

中級の基準とは、ダンジョンの魔法力浄化量による。

おおよそ100階層保持するダンジョンが、年間浄化する量が目安である。

尚、上級ダンジョンマスターはそのダンジョンを2桁以上の数、管理する者を言う。

ここで皆さんも不思議に思った事だろう。『なぜ？　ダンジョンマスターに基準があるのか？』と。

それは神へのアピールでもあるが、大きいのは長い年月ダンジョンを管理し続けるための目標や自分を慰めるための数値なのである。

ちなみに私は中級の中でも中々の実績である。

あと数千年程度頑張れば中級の亜神や悪魔、ひょっとしたら下級の神によって神の眷族に引き立てられるかもしれない。

そんな平穏な日々を1つのアラートが突き崩した。

フロアマスター級のモンスターが暴走したアラートだ。人間たちはフロアボスと呼んでいるが、ノーマルフロアの管理をさせているので、私はフロアマスターと呼んでいる。

どのフロアマスターかと端末を眺めると15階層だった。

おかしい。

こいつは、あと20年ぐらい大丈夫なはずだ。それよりも先に55階層のフロアマスターの方が暴走するはずなのだが……。

とりあえず、15階層の様子を映し出す。

そいつは、少年と呼んでよい年頃の男の子を、体を丸めることで包み込んでいた。

少年がごそごそと動き始める。覚醒が近いようだ。

するとそいつは、少年を覚醒させないようにゆっくりと離れフロア中心部に鎮座する。

クーデレか!

私は思わず端末にツッコミを入れる。

この時まで、その猫は完全なフロアマスターを演じていた。

起きた少年は少年でおかしな存在だ。

なにせ、1人が一生を費やして習得する奥義や必殺技、秘剣、秘術を『知っていてお得♪　便利な生活の知恵』レベルで使っている。

そしてその少年は何を考えたのかダンジョン作物を植え、そして食べている。

私はその光景を眺めながら可哀そうにとクッキーを食べる。勝者の余韻は良いものだ。

と思っていたらその少年は、あの、ダンジョン作物を美味しそうに食べている。

うそ……。

あのダンジョン作物だよ？　魔法力を込める？　うそだー。一時流行ったのよ『ダンジョン作物を美味しく食べる方法』とか。苦み増しただけだったよ。品種改良？　したよ。不味さが増すだけだったよ。

そもそも魔法力循環の不純物からモンスターやダンジョン作物作っているからね。……ん、そいやモンスター肉。美味しいよね、あれいつからだっけ……。もしかしてこれ本当に美味しいのであれば……。それって……。

ダンジョン作物を食べた猫の様子がおかしい。やたらチラチラと少年を見てかまってアピールしたり、無視されるといじけて見せたりする。そして何より眠ったのだ。

はぁ？　何してんのこいつ？　モンスターだろ？　内臓が傷つこうが、外皮が傷つこうが回復する。汚染された外部魔法力を吸収して回復するから寧《むし》ろ喜ばしい事だ。その為、命の危機だ何だという理由での休息などモンスターには不要だ。いや、むしろ要らないと言っていい。

それなのにこの猫は寝ているのだ。私は少年に接触しようと心に決めた。

監視していると、少年はどうやら15階層で快適な生活を送ろうとしているらしい。ならばとライフラインの充実を取引材料に手紙を送り、そのお礼（ダンジョン作物）を受け取ろうと決めた。交渉はあっさりとうまくいき、そして報酬を受け取る為に30階層のフロアマスターを送った。

同時にフレイムワーム1体を少年の元に派遣する。ダンジョン内部であれば私も監視できるが直接あって話など、ダンジョンマスターとしてできるわけもない。なのでスパイだ。言葉的になんとなくワクワクするしね！

そして今、私の目の前にダンジョン作物が2種類存在している。

トウモロコシ。これは私が神との茶会で見た異世界の記録映像を元に再現したものだ。見た目の再現度が高かったが、その鼻の奥にツーンとくるドブのような味わいが懐かしい。もう二度と見たくなかった代物だ。

茹でて塩を振って食べるようだ。なので1本やってみる。黄金色の粒が弾けるように膨れている。

ごくりと生唾を飲み込む。

一見美味しそうだ。だが、こいつはあれなのだ。ドブのような糞不味い、食べたら半日は悶えるような失敗作なのだ。

心の底から食べたくない。

手が伸びるが、昔を思い出し、びくりと反応して手を引っ込める。

……でも、美味しそうだったな……。アユムという少年と15階層の駄猫と30階層の子ブタたちの笑顔が脳裏に再生される。

…………そうか！　全員味覚障害だったんだ！

そう納得して私はトウモロコシをゴミ箱に……。

とトウモロコシを手に取った瞬間、少年の悲しそうな映像が脳裏に浮かぶ。…………なにこれ呪いの逸品？

…………しょうがないな。私は1粒トウモロコシをつまむ。もう一方の手にはワインを瓶で持つ。

せーので行こう。そうだトウモロコシを噛んだらワインで洗浄。

まず、トウモロコシを口に入れる。

次に、トウモロコシを噛み砕く。

多分ここで味わいがあるはずなので、すぐさまお口を開いて口内をワインで満たす！

…………完璧だ。さすが私。売り出し中の若手！　若手で有能なダンジョンマスター！

完璧な計画を心に私は恐る恐る口を開き、ドギマギしながら3回ほど戸惑い、やがてトウモロコシを口に含む。ほんのり塩気がよい。そして噛むと芳醇な甘みがあふれだす。

私はそっとワイン瓶をテーブルに置くと、両手でトウモロコシを持つ。前後左右を確認して、無作法にトウモロコシにかぶりつく。

うまい！

無心かつ無言でトウモロコシを堪能すると、私は少年たちに礼の1つでもしようと15階層を映し出す。すると……。

焼き肉を始めている。

しまった！　後れを取った!!

私は必死に手紙を送り、自分の分の焼き肉を確保した。

子ブタが持ってきた肉をマスタールームで焼く。ジワジワと溢れる肉汁と焼き肉のタレが天国を演出する。

翌日、私は仕える神にレポートとダンジョン作物を送る。同時に生物研究所にも解析依頼とダンジョン作物の実物を送る。

送ってから1時間程度だったろうか、次のダンジョンの準備を進めていると我が神から連絡があった。応答すると苦虫を噛み潰したような顔で神が言う。

『ねぇ、儂、なにか悪いことしたのかしら…………』

切なそうに言う神。

どうやらレポートの方は読んでくれなかったようだ。

私はまずレポートを読んで欲しいとお願いする。

その間に残り少ないトウモロコシをゆで上げ塩を振る。

『マジで……』

神は何度も読み返しているようだ。その間にトウモロコシをいっただきま～す♪

うーん。美味しい！　今度これでスープ作ろうかな♪

『……！』

美味しそうに食べる私につられて、神も1粒トウモロコシをつまむ。そして目をむく。

『委細承知した。これは。この旨みだけでも十二分に素晴らしい事だが、レポート内容が本当であれば革命じゃ。解析が終わればデータをつけて即座に発表し、我らが占有事項として保護させよう』

「はい」

『だが、それ故にお主のダンジョンは他の勢力に狙われるであろう』

「そうですね」

『そういえば、お主2つ目のダンジョン作成を進めておったな。そちらを儂から支援しよう』

「え、よろしいのですか！」

思いがけない支援に私は浮かれる。我が神が直接の支援など前例がない。すごい事だ！

『うむ。万が一そちらが戦場となり、お主のような優秀なダンジョンマスターが消滅しては勿体ないからのう』

「ご評価ありがとうございます♪」

『うむ。精進するのじゃ。そしてもう少しこ……』

「これからも神の為、精進いたします！　では私これにて！」

『う、うむ』

通信はそこで終わる。残り少ないのにもっとなんて嫌に決まっています。ＰＲの為ならいいけど自分の為に欲していたし、私の取り分減るじゃん。だから、お・こ・と・わ・り♪

数日後、解析結果に愕然とした。細胞単位での浄化機能が確認されたのだ。ダンジョンモンスターの細胞は魔法力の状態としてはニュートラルな状態なのだ。故に外部魔法力を吸収し続けると汚れた方向に傾き、外部のモンスターと同様に汚染魔法力に染まった邪悪な、狂化されたモンスターとなる。

それがこの作物を摂取することで、逆の方向に傾いているようだ。

そこで私は新たなレポート作成に着手しつつ、15階層のフロアニートの毛と牙のかけらを解析チームへ送る。

丁度送付したところで神から連絡があった。神様会議で話題に上ったとか、興味を持った神々から提供依頼を受けたとか興奮気味に話している。リスクは向上したが利用できる権限も向上したらしい。ここからが本番だなと私も心を引き締めた。

解析結果が出た。思惑通りのようだ。しかもあの15階層のフロアニート、モンスターから新種の生物になりかかっている。だからニートなのか……。

新しいレポートを提出した。これであのニートが1歩踏み出せば天界からのプロテクトを得られる。そうなれば……。

さて、この『若くて優秀な私』は今ダンジョン作物ばかりにかまけているわけにもいかない。2つ目のダンジョン作成が大変なのだ。ダンジョンクリエイトの力は神が十二分に送ってくれたが、設計は私だ。そして力が、つまり予算が多くなるとやることも増える。悩ましいことだが、こんなに潤沢な力でダンジョン作成ができることは今後ないのかもしれない。

私はその日から毎日、新規ダンジョン作成やダンジョン作成とレポートに関する質疑、ダンジョン作物の販売依頼などに追われ、『奴』の侵入に気付かなかった。

天使グールガン。地上に強力な肉体を持つ地上安定部の実行部隊の小隊長だ。油断した。私が気付いたときには15階層に馴染んでいた。

今のグールガンは単なるドワーフである。ダンジョンマスター権限で放りだすこともできない。こっそり追加した16階層の罠もモンスターを使って解除された。……嫌な奴だ。

一方、新たなレポートは好評を得たらしい。我が神が満足げに教えてくれた。やはりニートが進化すればプロテクトをもらえるようだ。なので思い切ってグールガンの事を我が神に相談してみた。

『不味いぞ。そこに居るグールガンはあくまでドワーフ。地上の者よ』

「そうですね。その為追い出せません。ですがプロテクトがかかれば」

『かかっても不味いのだ。地上の者の行為にまでプロテクトはかけられないのだ。もし、どちらか誘拐できれば、続きのレポートはどこが書ける？』

「……」

『そういう事だ。利権やポイントなどと言いたくはないが、それが欲しい神もいる。名誉を得たい神もおる』

「不味いですね……」

『不味いのう……』

苦悩する私が15階層に眼を向けると、グールガンと触れ合うフロアニートの姿。机をバンバン叩くが、フロアニートに伝えるわけにはいかない。下手な動きをすると現段階で２人とも誘拐されかねないし、神界のルール違反になる。

数日後恐れていたことが起こった……。

フロアニートが種族進化した。そして魔物使いのグールガンがフロアニートを盾にアユムも誘拐しようとしている。……持っていかれる！　怒りに任せてワイングラスを床に叩きつけたところで、フロアニートの様子がおかしい事に気付いた。グールガンに反抗し、自我を保ったまま逃げ出したのだ。

すぐに確保だ！

私は大急ぎでフロアニートに接触し、10階層へ転移させた。ダンジョン内の転移はダンジョンの階層ポイントを大量に消費するが、そんなことは言ってられない。

その後すぐに20階層のむっつり熊に事情を話し、知性を発現させたモンスター軍団で対処するように命じて、マスタールームに戻った。

アユムたちが無事地上に帰り着いた翌日、1階層にオークの王が戻ってきた。そしてあのアユムの師匠というバグキャラたちに助力を求める。

続けざまに30階層にいるオークの宰相へ指示の手紙を送る。ここにはアユム産のダンジョン作物の余剰があったはずだ。20階層への援軍には、35階層の脳筋モンスターズが管理するモンスターが適任だろう。

15階層のフロアニートを見つけられずに3日が過ぎると、グールガンも焦り始める。

15階層に戻ると、師匠たちが用意した遠距離魔法部隊がグールガンを待ち受けていた。容赦ない攻撃に荒れる15階層。……私しーらない！っと。

映像を切った私は35階層に向かった。

土下座する暗黒竜を踏みつけると、お礼を言われた。気持ち悪っ。

現地に到着すると昇降機を作成する。そして、ここからくる作物を使って20階層への援軍を送るように指示する。

数日後、10階層と30階層の交易が始まった。……ん？　あいつら食べすぎじゃない？

私は端末を閉じると35階層に向かった。

「がぉ……（お母様いかがいたしましたでしょうか……）」

「あの作物は何のための物だ？」

暗黒竜の土下座。踏む。

「がぉ（あざーっす！　あっ、うん。虐《いじ》められる私可哀そう♪）」

気持ち悪いので足を離す。残念そうな暗黒竜だが、言っておく。

私の方が残念だよ！！！

「で、答えは？」

プレッシャー。精神の方で責めてみる。

「がぉ（はぁはぁはぁ、いい♪　そのプレッシャーが気持ちいい♪）」

無言でビンタ。暗黒竜の首から鈍い音がする。

無言でビンタ。何かしゃべろうとしているけど無視してもう1発。

視界の端で、ナイトドラゴンたちが木箱を頭にかぶって震えている。

「がぉ（もう気持ち良くないです。痛いだけです。ああ、天国に行ってしまいそう。お母様。ちゃんと回答しますのでやめて……）」

手を止めて回復魔法を暗黒竜にかける。改めて。

「あの作物は何のための物だ？」

「がぉ（31～34階層のダンジョンモンスターを20階層に送り込む為です）」

「送られてくる作物を、お前らどのくらい自分の為に食べている？」

「がぉ（10箱中9箱です）」

私が手を上げると暗黒竜は小さく丸まる。

「事件が終わるまでここに駐在します。そしてその1割のうち半分は私に献上しなさい」

「がぉ（心を入れ替えて。10箱中1箱にします）」

暗黒竜とナイトドラゴンたちから表情が消える。

食べすぎだったのだから仕方ないでしょうに。というか、仕事しなさい。

そこから更に1週間程度過ぎた。送り込んだ31〜34階層のダンジョンモンスターは勇敢に戦い、そして散っていった。だが、その犠牲もあって、グールガンのモンスター軍を押し返すまでに至っている。

グールガンへの持久戦も順調だ。肉は山ほど手に入るだろうが食物は手に入らない。はじめいくつか持っていたダンジョン作物も、アユムのようにうまく育てられずやはり諦めたようだ。

20階層に行けば【まだ】食べられるレベルの植物がなっているが、そこまで到達できない。

やがてモンスター肉すら得られなくなり、無数に魅了《テイム》していたはずのモンスター軍団も消費され続ける。グールガンの精神力と同じように。

天使化できれば回復するのだろうが、残念ながらそれをすることは違法行為だ。そうすればどうなるかわからないグールガンでもあるまい。そこでゲームセットなのは確かだ。

私は、グールガンが疲弊に耐えきれず天使化するのを待っていた。

あと1歩。そんな時だ。アユムがダンジョンに、11階層以降に足を踏み入れたのは。

勝利目前に味方に裏切られた思いだ。しかし、ちゃんと賢者の娘を連れている。

あの子がいるのであれば下級神が来ても問題ない。最低限のリスク管理はしているのか。

私がそう安心しながら15階層の様を見ていると、ついにグールガンが天使化した。即座に通報だ。

だが、通報した結果やってきたのは質の悪い冗談のような神様だ。

目の前で展開された喜劇に笑う事もできず、私は只々苛立ちながら団子を噛み締める。

「がぉ(味わって食べたほうが良いか……ごめんなさい。その視線は怖いです。単純に恐怖です)」

それから喜劇が終わるまで、抗議の方法を考えた。

グールガンへの処罰が決まる。

グールガンの上司への刑も執行される。

だがこのイライラは止まらない。神に通信を繋ぐ。

『うむ、儂じゃ』

鉢巻、法被、団扇。

ああ、パブリックビューイング帰りデスカ。

『あれ？　目が怖いのじゃ。とりあえず後日土下座するから許してくれ……いぇーい！　ホワイトサイコー！』

許してくれと言いながら、すれ違った面識のない神とハイタッチをする我が神。

『目が冷たいのう……』

その後、恨み言を愚痴愚痴と言って聞かせたら、後日、地上の我がダンジョンを含めたプロテクトを勝ち取ったと土下座しに来てくれました。

無論、踏みました。

神が帰った後、ふっと15階層を見るとフロアニートに寄り添ってお昼寝中のアユムが映る。

色々大変だったが彼らの平穏を守ることができたのだ。

頑張ったのは良かったのかもしれない。

そう思いながら団子に手を伸ばすと暗黒竜と目が合う。

やらねーよ？

あとがき（のようなもの）～作者と犬～

鱒：ぐう鱒。北海道小樽市在住のダメ人間。
パ：パト〇ッシュ。セント・バーナードではなく北海道犬。生まれも育ちも北海道だがお笑い芸人が好きで似非関西弁を操る。

パ「ばう（似非関西弁！）」
鱒「おっ、早速突っ込んでる。さすがカクヨムの近況ノート限定のツッコミ兵器」
パ「ばう（……って、なんでワイがここにおるんや？　ぶっちゃけトーク用のキャラやなかったん?）」
鱒「出してみたかったからだ」
パ「ばう（ほう）」
鱒「やってみた。後悔はない（キリッ）」
パ「ばう（まぁ、ええわ。しっかし、本当にでたな。この本）」

鱏「関係各位のおかげです」
パ「ばう（殊勝なこというよるのう）」
鱏「あ、今立ち読みしている人。このままそっと本を閉じてレジにGO！　3冊買って、布教用と布教用と布教用でお願いします！」
パ「ばう（おまっ、ちょっ、読んでる人、嘘やで、じっくり読んで考えや）」
鱏「書籍コーナーで1時間も立ち読みしてるお前、敵だ！」
パ「ばう（こらーーーーーー！）」
鱏「店員さん、言っておきましたよ（満足げな視線）」
パ「ばう（あそこ読んでもらう事で人集め&買わないといけない罪悪感で購入を進める戦略的なコーナーやなかったっけ？）」
鱏「あと、本編読まずにあとがきから読み始めた奴！」
パ「ばう（奴言うな！　読者様や！）」
鱏「同士！　そして序盤と終盤で文章の感じが違うからね！　序盤の文章に合わなくても我慢してほしいんだよ？」
パ「ばう（ツンデレ風か！　きもっ！）」
鱏「うふふふ、今日は罵倒すら心地よい！」
パ「ばう（あかん、ドMにはご褒美やった！）」

鱒「どんどん来るがいい！　だが手加減必須だぞ！　豆腐メンタルだからな！」
パ「ばう（知っとる）」
鱒「出版までつらかったよー」
パ「ばう（ほうほう、言うてみ。記念出版のあとがきや、言い切りや）」
鱒「いや、記念出版って。……まぁいいか、まずね。ＷＥＢで応援してくれる皆に『書籍化詐欺』って思われてるんじゃないかって思うとつらかった」
パ「ばう（ほうほう）」
鱒「コメントで色々話しかけてくれる人とかありがたい限りなんですが、そんな人に経歴詐称しているようで辛かった」
パ「ばう（それはお前の文章が直す所満載だったのが悪いんやで？　人のせいと違うで？）」
鱒「あと、編集さんにとっても良くしてもらったから。ついついコストで考えちゃって、『これ売れないと申し訳なさすぎる……』って自分を追い込んでました」
パ「ばう（年齢相応に真面目か！）」
鱒「真面目だよ？　真面目に、ふざけてるんだよ？」
パ「ばう（あかん。こいつ本格的になんとかせな……）」
鱒「パトラッシ◯よ……」
パ「ばう（何や、……あかん。やな予感がする）」

鱈「歳をとるってことはな、丸くなるんじゃないんだぜ。色々経験して世渡り上手になるけどな根幹は変わらんのだ。歳をとって良い人？　温和？　体力なくなって温和にならざる得なくなるだけだ！　そう、効率的な我が儘になるだけなのだ！」
パ「ばう（言い切りよった！……落ち着け、ここはあとがきや！　本の上や！）」
鱈「うむ。少し大人気なかったな。」
パ「ばう（本題……。そうや、出版決まってからの話や）」
鱈「声かけてもらえたのは15階層のトイレの位置が衛生的ではないと突っ込まれ、次の話でしれっと修正し、あとがきで開き直ってた時でした……」
パ「ばう（それトイレのくだり必要？）」
鱈「もうね、嬉しかったんですわ、若い時分に才能がないのは痛感していたのでね。そして15階層のトイレはキッチンから遠い場所に移したの……」
パ「ばう（……スルーしよった、てかトイレから離れや！）」
鱈「で、1章書き終わった時点で修正の日々が始まったのだよ。トイレ」
パ「ばう（小学生か!!　無理やりが過ぎるわ！）」
鱈「校正さんに指摘されるのは本当に勉強になりました」
パ「ばう（おお、勉強しいや。ええこっちゃ）」
鱈「猫の仕草や性格なんかの資料とかもらってアームさんをより猫っぽく修正したりしました。

……そういえばアームさんトイレはどこに……」
パ「ばう（いい加減にトイレから離れんかい!!）」
鱒「ほっ、つっこみ避け！」
パ「ばう（DQ10ネタぶっ込んでくなや!!）」
鱒「たまご氏！　団長～！　みってる～～!!」
パ「ばう（……ハリセン。ハリセンは何処に）」
鱒「さて、言いたいことは言い切った！」
パ「ばう（本作品をお手に取っていただき心から感謝いたします）」
鱒「さんきゅーぶらざー！」
パーン（ハリセンのはじける音）

おしまい。

真のあとがき

はじめまして、ぐう鱈と申します。

ここまでお読みいただいた皆様、いかがだったでしょうか？

WEB版もお読みいただけた方々は「滅茶苦茶あった誤字が治ってる！」と驚愕されているのではないでしょうか。これがうわさに聞いていた校正様と編集様のお力です。もう足向けて寝れません。


さて本作品ですが、始まりは別作品でたまったストレスのはけ口でした。

「もー、この主人公まともにダンジョン攻略しねー！　もういい別口でやる!!」

そんな勢いです。結果、「こっちもまともに攻略してねー」というオチ……。

いや、プロット書いてる時点で分かっていた話なのですがね……。

あれです。転職活動中のストレスって奴です。怖いですね。

……そう、私が初めてWEB小説を書き始めたのは転職活動中でした。なので毎日更新できていたのです。今は……。まぁ、それはどうでもいいのです。そんな勢いだけで始めた作品ですが物珍しさから、どんどん日間ランキングを上げていき、一桁話数の時についに書籍化のお話をいただきました。

「まじか！」

と呟いた自分がいました。そして喜び勇んで報告したのですが……。

家族に話すと「詐欺じゃね？」一言でございました。

友達に話すと「詐欺じゃね？」一言でございました。

あれ？　皆厳しくない？

……ええ、知ってます。これって日頃の行いって言いますよね。存じ上げております。昔「君の資料を見るときはまず誤字を探しをしてるんだよ」と笑顔で言われたことのあるぐう鱈です。うん、内容読めよ。え？　内容は問題ないから余った時間で誤字探している？　ならばよし、です。……ですよね？　うん、信じております。

家族に関しては高卒時点で書いた一作品を読まれており……。まぁ、あれ読んだことあれば「ない」って言いきれますよね〜。……くっ、負けない。ファイト！　ぐう鱈!!

さて、文末となり申し訳ございません。本作品出版に関わっていただいた皆様へ心から御礼申し上げます。

『なろう』で勢いだけだった本作品にお声掛けいただき、休日関係なくフォローいただいた編集者様。「他の作家より指摘が盛りだくさん♪」で苦労ばかりおかけしたのに、第2校でもしっかりご指摘いただいた校正様。地図を書いていただいたデザイナー様。そして何より魅力的なイラストを描いていただいたしゅがお様。皆さまあっての本作品の完成だと思っております。重ねて感謝申し上げます。可能であればまた一緒にお仕事できれば幸いです。

ぐう鱈。

EARTH STAR NOVEL

ダンジョン農家！
〜モンスターと始めるハッピーライフ〜

発行 ―――――――― 2018年4月16日　初版第1刷発行

著者 ―――――――― ぐう鱈

イラストレーター ―――― しゅがお

装丁デザイン ―――――― 冨永尚弘（木村デザイン・ラボ）

発行者 ――――――― 幕内和博

編集 ―――――――― 稲垣高広

発行所 ――――――― 株式会社 アース・スター エンターテイメント
〒107-0052　東京都港区赤坂 2-14-5
Daiwa 赤坂ビル 5F
TEL：03-5561-7630
FAX：03-5561-7632
http://www.es-novel.jp/

発売所 ――――――― 株式会社 泰文堂
〒108-0075　東京都港区港南 2-16-8
ストーリア品川
TEL：03-6712-0333

印刷・製本 ―――――― 中央精版印刷株式会社

ISBN 978-4-8030-1179-1